KB263617

셋째 고개를 넘으며

송홍만 제6시집

책 머리에

태풍颱風이 거칠게 지나가고,
사람 사는 것이 소란騷亂한데,
세계배경기世界杯競技의 열기熱氣 뜨겁더니
가을도 지나고 한 해가 저문다.

셋째 고개를 넘어서
기쁘고 즐겁게 살아가리라
결단決斷하면서

한 해 동안 모아 온 글로
제6집을 내어놓는다.

이 글을 묶어 내어 주신
한누리미디어 김재엽金載燁 사장님께
깊은 감사感謝를 드린다.

2002. 초동

宋 弘 萬 識

차례

차례

제3부 계백장군 묘소에서

차례

제4부 셋째 고개를 넘으며

차례

차례

차례

1
월출산 오르며

고석정

월출산 오르며

희미한 불빛 속에 월출산도갑사月出山道岬寺를 지나
캄캄한 산길을 오른다.

넓은 억새 밭에 어둠이 서려 있고
구름인가 바다인가 희미한 꿈이 내려 있다.

월내산月奈山, 월생산月生山
이제는 월출산月出山

구정봉九井峰
아홉 번 벼락 내려진 구멍에
참회懺悔의 눈물 고여 있다.

임진왜란 때
부녀자들 베를 짰다는 베틀굴
건너편 양근석陽根石과 한 짝임을 금방 알겠다.

천황봉天皇峰에 오르니
고을마다 하얀 안개 속에 잠 깨고 있다.

밀려 떨어졌다가 다시 올라온
동석動石 세 개
그 신령한 바위로 이 마을 영암靈巖

이 산 정기 받아 나신
왕인王仁은 일본 열도에 문화를 심으시고
도선道詵은 좋은 자리에 부처님 모시었고
민휴공敏休公 최지몽崔知夢은 고려高麗 기틀 다지셨다.

온갖 바위들 하늘 향해 아우성 치니
산 전체도 바위요 돌 하나도 바위라
바위 위에 달이 뜨리라.

내려 오는 길인가 다시 오르는 길인가
구름다리 지나도 아직 땅이 아니다.

천황사天皇寺에 이르러 돌아보니
곱게 물든 단풍 자리 삼아
하늘에서 내려온 바위산이라.

셋째 고개를 넘으며

*

17

매월당梅月堂 김시습金時習은
"남쪽 고을의 한 그림 가운데 산이 있으니
달은 청천에서 뜨지 않고 이 산간에 오르더라."
노래했다.

넓은 벌 한참 지나도록
따라오는 월출산
먼 길 떠나며 돌아보는 어머님 모습.

월악산月岳山 오르며

달이 오르면
영봉靈峰에 걸린다고
월악산月岳山인가

달 모양模樣 닮은
영봉靈峰 있어
월악산月岳山인가

덕주사德周寺 앞산
여인女人 누운 모습이라
월악산月岳山인가

월형산月兄山인 것을.

고려도읍高麗都邑
송악산松岳山 아래 정해져
이 산山 와락 무너져
월악산月岳山인가

송계리松界里

가파른 길 오르면
능선稜線이라

능선稜線에 서면
큰 바위산 우뚝 솟아
세월歲月의 껍데기 뚝뚝 떨구며
가로 막는다.

옆으로 내려갔다가 뒤로 오르며
다시 내려갔다가 간신히 오르면
정상을 내어준다.

눈 내려 희끗희끗한 산등성이
속살 내어보여 부끄럽다.

계명산 남산 치악산 미륵산 천등산
금수산 소백산 도락산 주흘산 조령산……
산과 산 둘러 있고
산과 산 사이로 충주호忠州湖 곱게 꿈꾼다.

덕주德周골 가는 길엔
즐비한 소나무
바위와 곱게 어울리고
바위마다 산수화山水畵라.

거대한 마애불磨崖佛
덕주사德周寺 옛터
천년사직千年社稷의 한을 품고
개골산皆骨山 찾아가는 마의태자麻衣太子
오빠 기다리는
덕주공주德周公主 이곳에 머물렀단다.

산성山城을 지나 조용한 골짜기
어둠이 깔리는데
냉이 파는 할머니
봄 향기香氣로
어린 시절까지 포장해 주신다.

남 덕유산 오르며

넉넉한 덕德 가득한
덕유산德裕山

북北 덕유산德裕山 머리 삼고
남南 덕유산德裕山 꼬리 삼아
백두대간白頭大幹 이어진다.

영각사 옆으로
은가루 날리는 계곡을 지나니
흰 눈은 바위와 마른 나뭇잎에
살짝 앉아 잠자네

바위, 소나무, 마른 나무, 흰 눈
산수화山水畵
보고 가는 나그네

깎아 올린 듯 가파른 절벽
숨 몰아 오르고 내리니
남 덕유산 정상

돌 하나 하나
정성精誠으로 쌓아 올려
세찬 바람 막아 준다.

서남간西南間으로 육십령 서봉
동북간東北間으로 월성재 삿갓봉 무룡산 동엽령 북덕유산
백두대간白頭大幹 이어진다.

민족民族의 큰 얼
나라의 큰 허리
한 눈으로 보이네

눈 위에 덥석 앉아
눈꽃 핀 나무 하나 하나
바닷속 산호를 보는 듯.

눈 속을 구르며 지나 월성재
내리막 긴 계곡 지나 토옥동

물도 눈도 넉넉한 덕유산

꽃도 임도 가득한 덕유산

내려 오는 긴 이야기
전해 오는 아픈 사연

아쉬움 남겨 놓고
저무는 마을 지난다.

북한산北漢山 오르며

백운대白雲臺 인수봉仁壽峰 만경대萬景臺
세 봉우리 높이 솟아
삼각산三角山

세검정洗劍亭에서 승가사僧伽寺
진흥왕眞興王 순수비巡狩碑 모조模造 만져 보고
문수사文殊寺 앞마당 그냥 지나
대남문大南門 들어서니 산성山城 안

성곽城廓 따라
보국문輔國門 대동문大東門 동장대東將臺
북한산장 비켜 놓고 용암문龍暗門

진달래 꽃잎마저
성밖은 시달려 희끗
성안은 본디 색色

장엄莊嚴한 암巖 봉峰을
바라만 본다.

한성백제漢城百濟 조선朝鮮의 천년千年의 도읍都邑
아직도 부족함 없는 넓은 터
감싸고 있구나.

넓은 마음 높은 생각
반만년半萬年 이어진 얼
천년千年 만년萬年 불변하소서.

도봉산道峰山 오르며

서울 지키는 도봉산道峰山
북한산北漢山과
형제兄弟인가 보다

만장봉萬丈峰 자운봉紫雲峰 선인봉仙人峰
관음봉觀音峰 주봉柱峰
오봉五峰 이어진 바위산

정암靜庵과
우암尤庵 숭모崇慕하는
도봉서원道峰書院

의상義湘 창건創建한
천축사天竺寺

암벽岩壁 오르는
모습 아슬아슬

포대능선 피해
만월암滿月庵을 지나

망월사望月寺에 이르니
한적閑寂한 달밤 어떠할까

마른 잎 다 벗은 빈 나무 사이로
바위 봉우리
속살인 듯 희끗희끗
눈부시다.

관악산冠岳山 오르며

관악산冠岳山은
화악산 운악산 송악산 감악산과 더불어
경기오악京畿五岳

갓을 쓴 모습인가
왕관王冠의 모습貌襲
완연宛然하다

시흥향교始興鄕校에서
자하동천紫霞洞天을 지나면
연주암戀主庵

고려高麗 유신 송도松都 바라보며
나라님 연모戀慕하던
연주대戀主臺

올곧고 뜻 바른 신하臣下
연주대戀主臺 반석盤石 되어
오늘도 변變함 없이 반겨준다.

먼 한성백제漢城百濟 도읍都邑 터
찬란燦爛한 문화文化
꽃 피운 고려高麗의 도읍都邑
오백년五百年 긴 역사歷史의 조선朝鮮
눈 아래 보인다.

외침外侵의 말발굽 소리
동족同族 분쟁紛爭의 피 비린내
아직도 자옥하다.

참성단塹星壇 오르며

한강漢江 임진강臨津江 예성강禮成江
강 셋이 피워 놓은 아름다운 꽃
강화江華

마리산摩利山 봉우리에
나라의 태평太平과 백성百姓의 평안平安을
하나님(天帝)께 빌어올린
참성단塹星壇

하늘에 오르는 길인가
가파른 개미허리
숨 가쁘게 오른다.

맑은 마음으로 샛별 기우는 길 올라
성스러운 단군檀君님의 큰 덕德
이 땅의 임금은 품으며 올랐다.

하늘은 둥글고 땅은 네모지게
채곡 채곡 쌓인 돌 하나 하나
조상님의 숨결은 푸른 이끼로 자란다.

실낱 같은 국운國運
언제나 이곳에서
힘을 얻었도다.

건아健兒들의 힘겨룸 잔치 뿐만 아니라
백성百姓들의 지팡이 뽑음에도
단군檀君의 얼 이어 받을지어다.

소백산小白山 국망봉國望峰에서

희방사喜方寺에서
연화봉, 비로봉, 국망봉을 지나
순흥으로 내려간 적이 있다.

오늘은 어의곡에서
국망봉을 지나
신선봉, 민봉, 구인사救仁寺로 내려간다.

소백산小白山 국망봉國望峰
신라新羅 마지막 태자太子
마의麻衣를 걸치고 금강산金剛山 찾아 갈 때
이곳에 올라 불타는 서라벌徐羅伐
눈물로 바라봤단다.

당대當代의 영웅英雄 궁예弓裔도
철원鐵原 땅 궁궐宮闕, 불타는 태봉국泰封國
눈물로 바라봤다는 포천 국망봉國望峰

나라 사랑하는 이
오늘도

어느 산 봉우리에서
울고 있을까

주목朱木은 천년千年을 말 없이 버티고
산 목련木蓮은 그윽한 향기香氣를 풍기고
철쭉은 젊음의 아름다움을 포기마다 품고 있다.

천등산天登山 오르며

박달재 가는 길 옆
우뚝 솟은 천등산天登山

소봉 오르니 또 가파른 길
하늘 오르는 길도 이러할까

정상頂上에 오르니
사방四方은 구름 속

만물萬物을 제재制裁한다는
천天, 지地, 인人 삼재三才를 돌림자로
천등산天登山 지등산地登山 인등산人登山

물줄기는 땅 속으로 숨어들고
익어 떨어진 산딸기 맛이 그만이다.

사람 귀한 꿈 같은 마을에
과일은 자라고 인심人心 아직 넉넉하다.

농부農夫는 헤어지기 아쉬워 하고
나그네 받은 대접待接에 흐뭇하다.

가은산佳隱山 오르며

금수산錦繡山 남쪽에
우뚝 솟아 흐르는
가은산佳隱山

백운동白雲洞
한 마을을 품었다.

잃은 반지 찾아
아흔 아홉 골짜기를 헤매던
마고할미

서울 될 곳 아니라며 떠나간 산山이라
가은산佳隱山이란다.

바위마다 소원所願한 모습貌襲 닮아
코끼리, 곰, 돌고래, 촛대, 열 두시 바위……

내 마음 속 바위는
무슨 모습貌襲 닮았을까

바위 소나무 어울린 산길
강江 건너 곱게 솟은
옥순봉玉筍峰 구담봉龜潭峰 반갑다.

부소산扶蘇山 오르며

새벽 오르는 사람 따라
부소산扶蘇山을 오른다.

소박素朴한 차림의 다소곳 미소微笑 짓는
소부리所夫里 사람들
눈에 선하다.

산 언덕
푸른 벌
흐르는 백마강白馬江에
백제百濟의 얼 가득하다.

실어 나른
구드레 나루
지금은 관광객觀光客 뿐

당군唐軍에 쫓기는
소부리所夫里 여인女人들
미끄러져 강물로 떨어진다.

승자勝者나 패자敗者나
강물 속에 앙금으로
꿈을 꾸고 있으리라.

편안히 살아감이 참됨을
고란사皐蘭寺 종소리는 알리라.

설악산 권금성

2

도갑사 둘러보고

고석정-표지사진

도갑사道岬寺 둘러보고

월출산月出山 서쪽 기슭
대를 이어온 상점商店
여기 저기 고목古木

일주문一柱門 지나 해탈문解脫門
닳고 닳은 돌 계단階段 머리
만다라 무늬 손가락으로
아주 먼 꿈을 느낀다.

도선국사道詵國師 창건創建한
월출산月出山 도갑사道岬寺

대웅전大雄殿 바라보며
오층석탑五層石塔, 물 넘쳐 흐르는 석조石槽

주춧돌만 남은 넓은 집터
그 위에 옛 절집을 그려본다.

개울 건너 대나무 숲 속에 미륵전彌勒殿

소나무 즐비한 속
도선수미비道詵守眉碑
도선국사道詵國師 수미선사守眉禪師
기록記錄이 살아있다.

앞산도 월출산月出山
뒷산도 월출산月出山
달 오른 밤이면
불심佛心 스며들까
번뇌煩惱 물러갈까.

반야산盤若山 관촉사灌燭寺 둘러보고

황산벌 훤히 보이는
야트막한 반야산 중턱

높은 계단 오래된 나무
큼직한 축대 돌에 푸른 이끼

혜명대사 세운 천년千年 사찰寺刹
찬란燦爛한 서기瑞氣 가득 찼었다네

이리도 클까
저리도 늠름할까
큰 관음보살입상觀音菩薩立像
은진恩津 땅에 있다 하여
은진미륵
온화溫和한 웃음 머금었다.

계백장군階伯將軍의 오천결사대五千決死隊 결전決戰
후백제後百濟 군사軍士들 마지막 스러짐

그 서러움의 속세俗世를

연꽃 한 송이 들고
큰 석등石燈에 불 밝히며
중생衆生을 그 얼마나 어루만졌나

환한 달빛 조용히 내리면
슬피 울며 방황하는 영혼靈魂들
도닥여나 줄까.

개태사開泰寺 둘러보고

산봉우리 이어진 연산連山 땅
천호산天護山 기슭에 자리 잡은
개태사開泰寺

고려高麗 태조太祖
삼한통일三韓統一 고마워 지은
개국사찰開國寺刹이라

천의天衣 자락 발등까지 내려진
둥글둥글한 얼굴
삼존석불입상三尊石佛立像

어찌 저리 클까
큰 철제鐵製 솥

단아한 모습의 오층석탑五層石塔
세월과 전설에 닳고 닳은 모서리
매만지며 높은 하늘 우러러 본다.

스님은 서방정토西方淨土를

영웅호걸英雄豪傑은 큰 뜻 성취를
범부凡夫는 소담한 바람을
달이 지고 이슬 내리도록
그렇게 빌었으리라.

치솟는 서러움
별들이 잠들도록
탑돌이로 조금은 달래었을까.

연곡사 둘러보고

연곡천 따라 계단식階段式 논 바라보며
슬픈 사연事緣 깃든 피아골 가는 길에
연곡사 둘러본다.

피稗 심어 먹고 살아 피밭골
골짜기 붉게 물들었다 하여 피아골

일주문一柱門 들어서니
삼층석탑三層石塔, 부도만이
연기조사 창건創建한 신라新羅 고찰古刹
지키고 있다.

동부도
단아端雅하고 정교精巧함
부도중의 부도
도선국사의 부도일까

이제 마악 조각을 마친 듯
새까맣고 꺼칠한 석재石材
지붕 돌 골골 세월이 흐른다.

비신碑身 없이 귀부와 이수만 남은 부도비
북부도, 서부도
삼층석탑은
타 버리고 다시 지어지는 절집
지켜보며 서 있다.

운조루雲鳥樓 둘러보고

지리산智異山 왕시루봉 자락이
섬진강蟾津江 만나는 구만九萬 뜰

구름 속 새처럼
숨어 사는 집 운조루雲鳥樓

풍요豊饒 부귀富貴 영화榮華
샘물처럼 마르지 않는 명당明堂

하늘이 아껴 기다리신 것이라며
유이주柳爾胄는 큰 집을 지었다.

강 건너
둥글둥글한 다섯 봉우리

다른 사람도 마음대로 열 수 있다
(타인능해他人能解)
이웃 사랑 베푼 통나무 뒤주

돌아가신 어른

석 달 모시고 조석 상식 올린
임시빈소臨時殯所 가빈소假殯所

대문大門 앞에 연못
풍수風水와 지리地理를 몰라도
답답함이 없어라.

용문산龍門山 용문사龍門寺 둘러보고

용龍이 드나들어 산 이름 용문산龍門山
그 산 기슭에 천년千年 사찰寺刹
용문사龍門寺

일주문一柱門 들어서니
소나무 우거진 숲길

맑은 시냇물 따라 가며
물 건너 다시 건너며

때 묻은 마음 씻고 씻으며
세상에 무엇이 영원永遠한가 더듬어 본다.

이 고요함을 깨달으면
그 얼마나 즐거울까 생각해 본다.

어느 심령心靈을 위하여
촛불이 타고 있는 것인가

큰 은행나무 한 그루

그 누가 심었는가를 알아 무엇할까

더욱 작고 더욱 연약軟弱한
몸과 마음으로

한 번쯤
크고 높은 마음 다짐해 본다.

굴산사堀山寺 터 둘러보고

학鶴이 날개 피고
깃든 마을

넓은 터 홀로 지키는 당간지주幢竿支柱
당幢과 간竿은 떠나고 지주支柱만 서 있다.

대충대충 다듬어 세운 거대한 돌기둥
우뚝 마주서서 오랜 이야기 주고 받는다.

범일梵日 태어난 이야기
아직도 석천石泉 우물가에 흐르고
처녀가 잉태孕胎해도 할 말 있단다.

구름 무늬 연꽃 무늬 선명鮮明한
임의 부도浮屠
그 안에서 들려온다.

"도道는 닦는 것 아니요,
더럽히지 아니 하는 것,
평상平常의 마음이 곧, 도道" 라고.

전답田畓으로 변變한 넓은 도량道場
불자佛子의 마음 어떠할까.

신복사神福寺 터 둘러보고

야트막한 산이 둘러진 곳
삼층석탑三層石塔 앞에는
무릎 꿇고 두 손 모아 공양供養하는
부드럽고 복성스러운 보살님

둥근 모자 위에 팔각지붕 이고
긴 머리 어깨 너머로 늘어진 채
다문 입 고운 눈썹
이마에 백호 선명하다.

적막寂寞이 무엇인가
무상無常이 무엇인가
언제까지 바라만 보는가

빌고 빌 복
아직 남아 있을까.

태화산泰華山 마곡사麻谷寺 둘러보고

춘마곡春麻谷 추갑사秋甲寺라는데
굽어 흐르는 물길 따라
일주문一柱門 들어서니 해탈문解脫門
영산전靈山殿 두고 극락교極樂橋 건너면
대광보전大光寶殿 그 뒤에 대웅보전大雄寶殿

의자왕義慈王 때 자장율사慈藏律師 창건創建하여
마곡麻谷 보철선사補綴禪師 사모思慕하는 마음으로,
법회法會에 모여든 중생衆生들 삼밭에 삼(麻) 들어서듯,
마씨麻氏 땅에 절집을 지어,
마곡사麻谷寺라 했다네

술가術家는 십승지중十勝地中 한 곳이라는데
어찌하여 병화兵火와 화재火災를 당했을까

운판雲板 목어木魚 법고法鼓 범종梵鍾
법구사물法具四物을 한 곳에 다 모아 놓았네

가늘게 길쭉한 오층석탑五層石塔은
보기 드문 모자帽子를 쓰고 있다.

대광보전大光寶殿 안에 참나무 자리
아직도 지성至誠이면 감천感天이라 전해 준다.

대웅보전大雄寶殿 안에 싸리나무 기둥 네 개
돌고 돌아 반들반들하구나

백범白凡은 분단分斷된 조국祖國을 보며
무슨 회고回顧하실까

돌아 나오다 단풍丹楓 고운 영산전靈山殿 들르니
천불상千佛像 앞에 칠불七佛이 앉아 있고
세조世祖 어필御筆 현판懸板은 단풍색丹楓色 물들고 있다.

계룡갑사鷄龍甲寺 둘러보고

계룡산鷄龍山 서쪽 고목古木 늘어선 곧은 길 따라
일주문一柱門 들어선다.

춘마곡春麻谷 추갑사秋甲寺
가을은 갑사甲寺에 어울린다.

백제百濟 구이신왕久爾辛王 때
아도화상阿道和尙 창건創建

행랑채 딸린 해탈문解脫門 들어서니
대웅전大雄殿
돌과 흙으로 쌓은 맞담
길상吉祥 무늬 고와라.

긴 내력來歷이
안개처럼 자욱한 길

대적전大寂殿 가다 보니
공우탑功牛塔 서 있다.
소마저 절집 질 때

혼자서 짐을 날랐다네

대적전大寂殿 앞에는
기단부基壇部에 살아 꿈틀대는 사자獅子
부도浮屠를 지키고 있다.

대나무 숲 오솔길로 내려 오니
철당간鐵幢竿 우뚝 솟아 있다.

휴정休靜 유정惟政 기허당騎虛堂
나라 지킨 고운 뜻
표충원表忠院에 더욱 새롭다.

3

계백장군 묘소에서

두물머리

계백장군階伯將軍 묘소墓所에서

이름도 처참悽慘한 수락산首落山
그 기슭에 큰 무덤

천년千年 백제百濟를 한 몸에 지고
아직도 잠 못 이루신 장군將軍

탄현炭峴 넘는 싸울 아비 맞아
누런 뫼(黃山) 넓은 벌에서
모든 것 다 하신 장군將軍

나라가 망하면 충성忠誠도 장수將帥도 잊어지는가
처자妻子 먼저 보내고 오로지 나라 위해 다 바치신 임

기억記憶마저 사라져 간 까마득한 오늘
왕주王酒 한 잔을 삼가 올리오니
외로운 영혼靈魂 고이 잠드소서

함께 하신 오천五千 병사兵士
갸륵한 임들이시여 고이 잠드소서

임들의 충성심忠誠心 자욱한 이 고장
충곡동忠谷洞이라 부르며
영원永遠토록 잊지 아니 하리로다.

견훤甄萱의 묘墓에서

연무읍 금곡리
왕총말랭이에는
삼한통일三韓統一 꿈을 품은 채
견훤왕甄萱王 잠들어 말이 없다.

패자敗者는
영영永永 말이 없나 보다.

상주尙州 가은加恩에서 태어났건
광주廣州 북촌北村에서 태어났건

호랑이 젖을 빨고 자랐건
지렁이 피를 받아 낳았건

어지러운 이 땅에
평안平安을 피려던 당대當代의 영웅英雄

한 순간瞬間을 돌려보면
아주 편한 세상世上이건만

세월歲月과 바람 스쳐간 후면
그저 그런 이야기로 전하다 사라질 것을

그 큰 뜻
아무도 이루지 못한 아쉬움 뿐

뽀드득 뽀도독 눈 밟으며
넓은 하늘 우러러 보며
좁은 땅 굽어본다.

두물머리에서

북한강北漢江은 금강산金剛山에서
남한강南漢江은 오대산五臺山에서

두 물 머리(兩水里)에서
하나 되어 흐른다.

고을마다 아쉬움 남기고
되돌아서지 못하며 밀리어

이제는
한강漢江으로 흐른다.

만나고 떠남은
느티나무에 꿈으로 열린다.

너와 나도
헤어짐 없이 흐르고 싶다.

당성唐城을 둘러보고

남양南陽 고을에 남아 있는
조그마한 산성山城

구봉산九峰山 봉우리 거쳐
골짜기를 감쌌네

당唐나라 오가던 당항성黨項城
그 항구港口는 어디쯤일까

섬들 이어지고 산 봉우리 띄엄띄엄
망해루望海樓 터에서 둘러본다.

당나라의 팔八 학사學士 건너와
당성홍씨唐城洪氏 시조始祖를 가르쳤다는데

원님
일찍 일어나고 늦게 자며
오직 덕화德化에 솔선率先하니

백성百姓들

서로 화애和愛스러웠다는데

소쩍새
옛님을 기리며 애타게 울고

부서져 가는 산山과 들과 바다를 보며
나그네는 가슴만 타는구나.

서강西江을 바라보며

어린 임금 흘린 눈물
강물 되어 흐르는 영월寧越

영월寧越 가는 초입初入
도톰한 언덕에 오르면

서강西江에 선돌(立石)
층암절벽層巖絶壁 마주본다.

패전敗戰하고 고향故鄕에 돌아온 장수將帥
몸을 던져 자라바위 되었다는데

강물은 전설傳說을 남기며
꿈처럼 흐른다.

운장벽雲莊壁
아름다운 선돌이
주색朱色으로 물든다는데

선돌 바라보며

한 가지 소원所願을 비오니
사람들이여
그만 파헤치소서.

동강東江을 바라보며

강江이 흐르고 길이 이어져
더욱 아름다운 동강東江

아주 오랫동안 어울린 산줄기

산山과 강江은
느긋이 사이 좋게 흐른다.

어라연魚羅淵
물 가운데 바위와 모래 둔치

사공司空은 어디 가고
빈 배만 줄에 달려 잠잔다.

버릇 없이 자라난 우리네
순박淳朴한 텃새 못 살게 한다.

하늘이 내려준 아름다움
거친 바람 속
촛불처럼 애처롭다.

박달재에서

"천등산天登山 박달재를 울고 넘는 우리 님아……."
흘러간 노래 속에
금봉낭자 박달도령 살아난다.

구학산과 시랑산 사이
높고 긴 고개 마루에
이어져 내려온 이야기가 있다.

거란군 몽고군 물리친
용감勇敢한 장수將帥 이야기

장사 짐 바리바리 싣고
넘나든 장돌뱅이 이야기

영남嶺南 땅 과거科擧 도령 박달과
아랫말 예쁜 낭자娘子 금봉
못 이룬 사랑 이야기

해학諧謔스러운 솜씨로
맺힌 한을 풀어 주었네

박달은 암행어사暗行御史
금봉은 남매男妹 어미

도토리 국밥에
이 일 저 일 말아 먹으며
웃음을 가볍게 참아 본다.

탄금대彈琴臺에서

대문산 발 아래에서
달래강(達川)이 남한강南漢江을 만난다.

우륵于勒의 가야금 소리
신립申砬의 애타는 호령號令 소리
감자꽃 노래 속에 애국愛國하는 소리
깊은 뜻 알 수 없는 조각품彫刻品들
숲길 솔바람 속에 섞여 있다.

재미 있으되 저속하지 아니 하고
(낙이불류樂而不流)
슬프되 비통하지 아니 한
(애이불비哀而不悲)
가야금 다섯 곡을 어디서 들어볼까

타는 가슴에 활줄 식히던 열두대
어이해 이곳에 배수진背水陣을 쳤을까

"자주 꽃 핀 건 자주 감자
파 보나마나 자주 감자"

이어 온 우리의 얼을
뉘라서 되찾을까.

대관령 옛길을 걸으며

따가운 햇살도 따라오지 못하는
반정半程에서 제민관濟民館 터로

선짐꾼 넘나든 고개
선비는 푸른 꿈 품고
어버이 품 떠나 시집가며 흘린 눈물

등성이 길
골짜기 길
대굴 대굴 굴러
대굴령

생긴 대로 지나고
좁으면 좁은 대로
언덕이면 오르고
비탈이면 피하며
남겨진 대로 걸어본다.

조상님 남겨 준 대로 살아가며
조상님 알려 준 대로 살아가련다.

4

셋째 고개를 넘으며

저자의 집

셋째 고개를 넘으며

한참 자랄 어린 시절
홍역으로 누워 결석缺席을 했다.

한밤중 깨어 보니
어른들 둘러 앉았고
온 몸 흠뻑 젖었다.

근심어린 어버이 죄스러워
손발 움직이며 힘을 길렀다.

남들같이
튼튼하고 부지런한
아들 되기 원했다.

첫째 고개를 넘으며
몸과 마음을 길렀다.

건강健康, 근면勤勉, 노력努力, 그 무엇도
남부럽지 않았다.

한참 일할 마흔 아홉에
디스크로 몸져 누웠다.

기나긴 밤 몸부림치며
방안을 눈물로 씻었다.

자식과 아내가
너무 어리고 가엾어

아비로 지아비로
굳게 살기를 원했다.

하나님만이 함께하심 깨닫고
일어서는 되풀이를 눈물로 했다.

둘째 고개를 넘으며
부유富裕, 명예名譽, 절제節制, 그 무엇도
남부럽지 않았다.

예순 다섯에

안면 마비와 어지럼으로 누웠다.

세상은 왜 이리 괴로우며
남들은 왜 이리 다른지

하나님은
모든 것 다 토하라.
모든 짐 내려 놓으라 하신다.

셋째 고개를 넘으며
지닌 것, 잡은 것, 다 내려 놓는다.
기쁘고 기쁘다.
발걸음 가볍다.

보다 조금 높군

어려서
한봉산漢峰山 올라
백두산白頭山 조금 더 높겠지

젊어서
관악산冠岳山 올라
한봉산漢峰山 산山이 아니지

늙어서
지리산智異山 오르니
한봉산漢峰山보다 조금 높군

그래
백두산白頭山 올라도
한봉산漢峰山보다 조금 높겠군.

새로 난 길을 지나며

길이 새로 나면
다니던 길은 말 없이 누워 있다.

새로 난 길은 곧고 넓으나
다니던 길은 굽고 좁다.

다니던 길은
산을 넘으면 마을이 있고 정자도 있어 정겨운 길

새로 난 길은
이정표 따라 가다 가끔 잘못 가는 삭막한 길

신세대 가는 길
따라가기 힘든 길

살아온 길 헌 길 되어 사라지고
새로 난 길 험하여도 다녀야 한다.

둥근 달 바라보며

해 넘어간 빈 하늘에
함박 웃음 둥근 달 오른다.

달은 하늘에 가득하고
그리움은 내 마음에 넘친다.

나만을 따라 오던 달은
아직도 창문 너머 기다린다.

해 오르는 새벽 하늘에
꿈 같은 희미한 둥근 달 넘어간다.

꿈은 하늘에 가득하고
그리움은 내 마음에 잠긴다.

질경이 잎을 뜯으며

길섶 메마른 땅에서
이 사람 저 사람
알게 모르게 짓밟히며
질기게 질기게 살아가는 질경이

기름진 땅 마다하고
가꾸어줌도 바라지 않고
까닭 없는 밟힘
억세게 억세게 견디는 질경이

짓밟혀야 살아가는
너는 누구의 영혼이냐
믿음의 본인가
배달의 얼인가

눈 서리 비 바람
달님 별님의 속삭임
방울 방울 이슬져
질기게 질기게 기다리는 질경이

고운 손길에
하얀 속살까지 내어줌
소쩍 소쩍 소쩍새
애닲게 애닲게 보내는 질경이

그래도 나를 찾아 왔으니
나물 해 먹고
속 차리며 속 차리며
질기게 질기게 살아가란다.

녹차를 마시며

이른 새벽
더운 물에 녹차를 넣는다.

구수한 향기
단잠이 사라진다.

한 모금
머리 속 햇살이 든다.

달님
가던 길 멈추고
계수나무 잎 보낸다.

소쩍새
애태움 잠긴다.

언제부턴가
이 좋은 차 맛.

네 잎 클로버를 찾으며

세 잎에 한 잎이 더 있어
네 잎 클로버

남 다른 모습에
고마움 하나 더

그래서
너를 찾으며

푸른 풀밭에서
하나 더한 행운을

말 타고 달리다 너를 보고 머리 숙여
화살이 비켜 갔다지.

남 모르는
고통도 하나 더 있겠지.

산山 목련木蓮을 보며

소백산小白山 숲 속
하얀 꽃 한 송이

푸른 잎 사이에
학鶴이 사뿐히 머문 듯

목련木蓮의 참 모습
향기 그윽하다.

알 수 없이 변한
목련木蓮은 골목마다 피어난다.

나의 본래本來의 모습
그 순백純白의 마음

어느 산 속에
남아나 있을까.

매미 소리를 들으며

힘 주어 지르는
매미 소리

우는 소리인가
노래 소리인가

금방 어린 시절
개울뚝 미루나무

이 소리에 잠이 들고
이 소리에 꿈을 꿨다.

저무는 삶 속
다른 뜻
더듬어 본다.

산에서 비를 맞으며

푸른 숲 바다에
비가 내린다.

누에가 뽕을 먹는 소리
옷은 젖어 내 몸이 되고
어느 날 밤 꿈 속을 걷는 듯
내 발자국 소리에
뒤돌아 본다.

산새들의 고운 마음씨
이 골짜기 저 골짜기
졸졸 흘러 고인
파란 구슬 같은 저수지
한참이나 바라본다.

걸음 멈추고
물 속에 숲을 보니
노여움 고달픔
구름 되어 지나간다.

개펄을 바라보며

두 발 개펄에 빠진 채
두 손으로 개칠을 한다.

물거품 뿜으며
게는 옆으로 옆으로
개칠을 한다.

갈매기 흰 날개
그림자로 개칠을 한다.

그린 그림을 자꾸만 고치고
고친 그림을 자꾸만 지운다.

살아오며 그린 그림
고달파서 고치고
즐거워서 고치고
어지간히 개칠을 한다.

병상病床에서

병원病院에는 밤이 없다.
의사 간호사 언제 잠자나.

어린 아이 보채는 소리
한참 일할 젊은이들의 신음呻吟
나이든 나야 괜찮구나

밝아 오는 새벽
저무는 거리
무엇이 저리 급急한가

일상日常 속의 하루는
병원의 하루와
어찌 이리도 다른가

창에 가득한 가을 하늘
어디서 본 듯한 구름 모습
지나온 일들
이루지 못한 소원所願 흐른다.

마음을 다스림이
산을 넘고 물을 건넘보다
어려움을 알겠다.

링거 줄에 달려 다니듯
일들이 저만치 질기게 달려 있다.

그래도
백마白馬 타고 달리고 싶은 마음
흰 구름 되어 흐른다.

5

경원선 열차에서

수원 레이디스 챔버 연주모습

경원선京元線 열차列車에서

눈 맞아 더욱 아름다운 도봉산道峰山
돌아서자 의정부역議政府驛

유치원幼稚園 그림 그려진
대여섯 칸짜리 열차列車

원산元山까지 달리더니
땅 허리 잘려 막혔다.

연천連川에 가려고 오르니
안에는 손님이 적다.

눈 내리는 마을
꿈이면 가 보는 고향故鄉

소요산역逍遙山驛 아늑한 길
원효元曉와 요석공주瑤石公主의 슬픈 사랑

참새, 까치, 수리도
살고 죽는 싸움 멈추었다.

산천山川 초목草木
순종順從하는 순백純白을 이루었다.

열차列車 안 손님은 잠이 들고
혼자만 눈길을 걷고 있다.

한탄강 월정역月井驛 금강산金剛山 명사십리明沙十里
걷고 걸어도 힘들지 않다.

대학 졸업식에서

몇 해 전 딸 졸업식에 갔다가
다시는 아니 가기로 했는데
아들 졸업이라 갔다.

36년 전
바로 이 자리에서
근엄하신 교수님의 훈시
단정하게 자리한 우리들

한 사람 한 사람
학사모의 술을 넘겨 주시던
은사님

가슴 벅찬 기쁨과
아득한 취직의 길

오늘은
난장판인 교정
사진 꽃다발 고함 웃음
그래도 한두 장 사진을 찍고

이 나무 옆에선가, 저 나무 아래선가
부모님 모시고 약혼녀
함께 사진을 찍었는데

오늘의 나 있게 해 주심 고마워
청암淸巖 김원근金元根 동상銅像 앞에 고개 숙여
생전의 모습 떠올리어 감사를 올린다.

이정표里程標 따라가다

이정표里程標 따라가다
무지개 만나
비보호非保護 좌회전左回轉
보호保護 받지 못하는 길

이 때라, 이 때라.
세미細微한 음성音聲 듣고
유턴
오던 길 되돌아 간다.

직진直進과 좌회전左回轉 동시신호同時信號
보호保護 받는 좌회전左回轉
이제는
다시 이정표里程標 따라간다.

내 친구

내 친구
산죽山竹은 참 좋다.

솟아 오르는 해를 보며
황급히 알려준다.

고운 노을 거닐고
건물 위로 솟는 깨어진 해

산죽은 팔달산 위에서
나는 옥상에서
그 아름다움 나눈다.

가슴 가득 마시며
제일 먼저 내게 뿜어 주는 고마움

내 친구
산죽山竹은 정말 좋다.

*산죽山竹은 강석흥姜錫興님 호號임.

비 온 다음날 아침

비 온 다음날 아침
나무 줄기는 젖어 검고
새 잎사귀는 더욱 파랗다.

숨어든 햇살마저
초록 그림자(綠陰) 드리운다.

아카시아 향기 속에
산새들 노래 섞여
숲은 깊어 간다.

보리 이삭 잎사귀에
방울진 이슬
노고지리 아지랑이 나물 캐는 소녀
내 고향이 들어 있다.

명곡 감상

산 길을 걷노라면
푸른 숲 속 산 새 소리
은은한 꽃 향기
혼자만이 주고 받는 이야기

그림을 보노라면
이어지는 폭포 소리
날개짓는 바람 소리
안개 속 잠든 평안

명곡을 듣노라면
숨은 그림자 떠오르고
신명나는 손가락
더는 모르겠다.

아는 분을 만나면

아는 분을 만나면
알아주어 고맙고
알아보아 반갑다.

아는 분을 만나면
짧은 몇 마디
그 많은 안부가 오간다.

아는 분을 만나면
눈과 귀로 알 수 없는 땅
그 위에 고운 무지개 다리가 놓인다.

고운 새 한 마리

꽃도 없는 고목枯木에
고운 새 한 마리

머물던 가지에
자주색 구름 한 점

지나는 솔바람 속에
뿌리마저 흐느낀다.

어느 날
그림자나마 드리워 주었으면.

6

아버님 생각

저자의 부모님 생전의 모습

아버님 생각
—산소에서

언제나
계실 곳에 계셨다.
논이면 논
산이면 산

언제나
성현의 말씀 일러주셨다.
어디서나
어느 때나

언제나
그림자처럼 지켜보셨다.
교실에서나
직장에서나

지금도
선명하게 보인다.
말씀하시는 모습
지켜보시는 모습.

어머님 생각

푸른 오월이면
더욱 그리워지는 어머님

젖 물고 바라본 어머님의 얼굴
땀방울 닦으시며 속삭여 주심

이 세상의 어머니는 성姓도 이름(名)도
오직 하나, '사랑'인가 보다.

하나님이 너무나 바쁘시어
어머니를 대신 보내셨나 보다.

낙방하고 돌아오는 내 손 잡으시며
'한두 번에 아니 되면
삼세 번이 있단다' 하시어
용기와 희망을 주셨다.

먼 길 떠나는 날이면
동구밖에서
성급하지 말라고 당부하신

어머니.

베푸신 사랑 자식에게 다하지 못함에
가슴 찢어지고 눈시울 뜨겁다.

어머니!
큰 소리로 불러도 대답 없으시니
하늘과 땅이 너무 멀다.

고향은

고향은
아무래도 첫 사랑

오늘도
가슴 두근거린다.

보이는 것은
변하였으나

보이지 아니 하는
마음은 그대로다.

그 새 소리, 물 소리
어머님 부르시는
반가운 소리

고향은
언제 가도
매 한 가지.

보리밭

길 옆 화단에
보리 이삭이 돋았다.

조각달 같은 보리밭
추억의 조각달로 떠오른다.

해동解凍하는 이른 봄
아침 저녁 밟아 주고

풀 뽑아 주고
깜부기 뽑아 주며

달래 냉이 꽃다지
나물 캐는 소녀들

그 머리 위에
종달새 지저귀고

소 먹이는 소년들
피리 소리 들린다.

언덕 위 보리밭에
아지랑이 아른대면
보리는 누렇게 익어간다.

기다리는 여인의 노래
— '정읍사井邑詞'를 읽고

장돌뱅이 남편을
기다리는 여인

달아 달아 높이 솟아
멀리 멀리 비춰다오.

우리 님 돌아오는 길
밝혀다오

선 채로 이 자리에
돌이 되어도
우리 님을 기다리리라.

잡혀간 낭군
도망간 낭군
끌려간 낭군

오늘도
돌아오길 기다리는
여인의 노래가 있다.

아름다운 여인女人
— '도미都彌의 설화說話'를 읽고

백제百濟 개루蓋婁왕 때
의리義理 깊은 도미都彌
절개節槪 굳은 아내

왕은 도미都彌를 불러
부덕婦德이야 정절貞節이 으뜸이지만
유혹誘惑에는 지킬 이 드물리라 하니

도미都彌는
인정人情 비록 헤아릴 수 없지만
내 아내는 한사코 그럴 리 없다.

왕은 괘씸하여
신하臣下를 왕王으로 변장變裝
겁탈劫奪을 했으나
여종이었음을 알고는
도미都彌의 두 눈을 도려내어
빈 배에 태워 강물에 띄웠네

도미의 아내 통곡痛哭 소리 듣고

나타난 빈 배 타고
망망茫茫 대해大海에서
눈 먼 도미都彌를 만나
천성도泉城島에서
풀 뿌리로 연명延命하다가
고구려高句麗 산산蒜山 땅에서
마음 놓고 살았다네

아름다운 여인女人의 마음
불쌍한 도미都彌의 마음.

7

잃어 버린 드라크마

잃어 버린 드라크마

(누가복음 15:8-9)

잃어 버린 드라크마 한 개
애써 찾은 여인
즐거워 잔치 벌린다.

떠나가 버린 죄인 한 사람
회개하며 돌아오면
하나님 기뻐하신다.

잃어 버린 드라크마
나 구원의 확신 없고
내 죄를 깨닫지 못해도

하나님은
나를 찾고 계시다
나만은 찾아내고야 마신다.

어둠 속에 있든지
절망 속에 있든지

잃어 버린 드라크마

대굴대굴 굴러서

나 여기 있다며
하나님의 품 속에 안기자.

말씀

(창세기 1장 요한복음 1장)

하늘과 땅
그 사이에 모든 것까지
말씀으로 지으신
하나님

그 말씀
하나님
성령님
예수님이시다.

설교說敎는 말씀
기도祈禱도 말씀

말씀 없는 설교說敎 체면體面치레
말씀 없는 기도祈禱 주문암송呪文暗誦

그 말씀
알면서 따르지 아니 하니
모르고 따르기 원願하네.

어찌 아니 즐거운지

산에 들에 내린 눈
어찌 그리 고운지

내린 대로 받는 순종
어찌 저리 아름다운지

주신 대로 받는 은혜
어찌 이리 크신지

감사하며 따르는 걸음
어찌 아니 즐거운지.

빈 집은 채워진다

(누가복음 11장 14절-26절)

빈 집은 채워진다
빈 마음도 채워진다.

내 마음 악령으로 채워지면
성령님은 문 밖에 기다리신다.

주님을 모셔드리면
내 마음 주님으로 채워지신다.

아직도 기다리시는 주님
문 열고 모시오니 들어오소서.

내 마음 이제야 즐겁고 기뻐
하나님의 자녀로라.

달리다굼

(마가복음 5장 35절-43절)

딸이 죽었다는데
주님은
회당장에게 두려워 말고 믿기만 하라신다.

집안 가득 통곡 소리
아비는
그 마음 어떠했을까

죽은 것 아니라 잔다시며
달리다굼
열두 살 어린 소녀 일어났다.

엎드려 원하나이다
달리다굼
병마에서 구원하소서.

내 마음 속에

(요나서 1장 1절-16절)

내 마음 속에 요나가 있다.
나는 요나처럼 말씀을 피한다.

일어나 니느웨로 가서
하나님의 말씀을 전하라

그 말씀 어기고
다시스로 가다가 풍랑을 만난다.

내가 맞은 거센 풍랑
내 죄로 인함이니 바다에 던지소서

그러나
원하나이다.

요나처럼 구원하소서
니느웨로 가겠나이다.

바다에서

성난 물결
파도는 높고
숨 소리 크다.

출렁이는 물결
갈매기 주춤거린다.

바다를 잠재우신
주님
내 마음 잠잠케 해 주소서

멍든 가슴 내뱉어
시원하게 해 주소서

뒤엉킨 실타래
주님
내 마음 시원하게 해 주소서.

애당초

내 몸도
내 맘대로 아니 되는데
자식인들 따라 주랴

하나님의 지으심 받은 것을
설득 해명
애당초 아니 될 일

애당초 아니 될 일이면
지으신 하나님의 몫

내나, 자식이나
애당초 하나님의 것

지음 받은 몸
지으신 분의 소관이로다.

나 돌아오니

나 돌아오니
모두가 제 자리

달도 별도
봄 지나면 여름 온다.

나 돌아오니
모두 편안하다.

새도 나무도
해 솟으면 낮이 된다.

주신 가시

(고린도 후서 12:7-10)

괴롭고 쓰라림
이 몸에 박힌 가시

몸부림쳐도
내 힘으로는 아니 된다.

이 아픔
주님의 능력 원하오니

"내가 연약할 때에
내가 강하여 짐이라."
알려 주신다.

기쁘도다
이 깨닳이 기쁘도다.

은혜로다
하나님의 크신 은혜로다.

부활절 새벽에

(누가복음 24장 13절)

지키던 병정,
도망간 제자,
뒤따르던 마리아도
모두 모두 모르게

생전의 모습으로
신령한 모습으로
다시 살아나셨다.

믿음 저버리고
엠마오로 내려가는 제자에게
더디 믿는 자라시며
말씀 풀어주심

오늘 새벽
내 마음 뜨겁다.

주님!
잡아 주소서
내 마음
다시 살게 하소서.

부활절復活節에

꽃이 피는 새 봄
지난 해 핀 꽃 다시 피었네
그러나,
이 꽃은 그 꽃이 아니요

주님은
완전完全하시고 신령神靈하신
그 모습貌襲으로 부활復活하시었네

고욤나무에 감나무 접接하여
고욤 아닌 감이 열리듯

주님
죄罪된 이 몸에 참 포도나무 접接하여
이 몸이 아닌
참 포도葡萄 열리게 하소서.

지금은

(고린도 후서 6장 2절, 이사야서 49장 8절)

지금은
은혜恩惠 받을 만한 때

죄중罪中에 빠진 이 몸
세미細微한 음성音聲 듣습니다.

떨리는 마음으로
기도祈禱의 문門
찬송讚頌의 문門 열고

은혜恩惠 내려 주신
그 은혜恩惠 기억記憶합니다.

구원救援해 주신
그 구원救援 기억記憶합니다.

지금
은혜恩惠 받기 소원所願합니다.

내 죄罪

물로 씻어 주시고
불로 태워 주소서.

아나니아 아닌가

(사도행전 5장 1절-11절 말씀)

아나니아와 그의 아내 삽비라가
땅을 팔아 얼마를 감추고
사도들 앞에 헌금을 한다.

베드로가 아나니아에게
성령을 속임은
하나님께 거짓말 하는 것이라 하니
아나니아는 엎드러져 혼이 나갔다.

얼마 후 들어온 삽비라에게
땅 판 값이 이것 뿐이냐
삽비라는 예 이것뿐이로다.

성령을 시험하려느냐
남편을 장사하고 왔느니라
삽비라도 엎드러져 혼이 떠났다.

믿고 주께 나오는 자
더욱 많았다.

오늘 나는 아나니아 아닌가
오늘 나는 삽비라가 아닌가.

어찌 이리 기쁜가

(시편 51편)

내 지은 죄
사해 주실 것 믿으니
어찌 이리 기쁜가

지은 죄 벗으라고
주님 부르심 들으니
어찌 이리 기쁜가

주님 내 맘 정케 씻어
내 영혼 새롭게 되니
어찌 이리 기쁜가

사해 주신 죄악
주님 기억 아니 하시니
어찌 이리 기쁜가.

내 영혼 살리소서

다윗, 솔로몬, 헤롯처럼
내 양심 가려져
사람만 두려워 하도다.

풀 한 포기 없는 메마른 땅
단비 한 줄기
어찌 다시 살아날까

에스겔은 보았도다.
마른 뼈 생기生氣 만나
큰 군대가 되는 것을.

가려진 내 양심
말라 버린 내 심령
생기生氣 불어 주소서.

이제야

(창세기 22장 12절)

주님 앞에 토하나이다
아픔 분통 가슴앓이를

모두 바치나이다
외아들 아니, 이 몸이라도

다 풀어 놓습니다
맹세도 분함도 아쉬움까지도

주님 허락하소서

이제야
네가 나를 사랑함을
아시겠다고.

다 내려 놓고

(시편 62편 8절)

링거 긴 줄에 매어 달린 것
다 떨치고
병석에서 일어났다.

의사야
알려 주는 대로 더듬어 볼 뿐
마음의 병 어찌 고치랴

다 털어 토하란다
다 내려 놓으란다

그렇다
책꽂이에 펴 보지 아니 한 책
장롱 속에 오래 전 입었던 옷
구석 구석 간직한 모든 것.

8

우리의 아버지

우리의 어머니
—성낙준 권사님의 고희연古稀宴에

유기 그릇의 고장
안성맞춤의 고을
그 하늘에
유난히 반짝이는 아기별
살포시 이 땅에 오신지
일곱 번의 성상星霜 흘렀네

아리따운 처녀處女
서경西京 땅 도련님 맞아
삼남三男 일녀一女 일곱 손자孫子 손녀孫女
초롱초롱 빛나네

수원제일교회水原第一教會 안팎
바다 건너 멀리까지
손 발 닿는 곳
하나님의 뜻 힘껏 이루시는
우리의 어머니

아들 손자孫子 며느리
딸 사위 손녀孫女

모두모두 준비한
권사님의 고희연古稀宴 아름다워라.

하늘나라 먼저 오르신
임들의 찬양讚揚 소리
고요하게 들려온다.

주님의 딸로 보내주신
하나님께는 영광榮光이요
권사勸事님 바라보는
우리들에게는 큰 기쁨이로다.

우리의 아버지
―고 이태선 목사님 영전에

우리 조용히 머리 숙여
면류관冕旒冠 쓰시고 웃으시는
이태선李泰善 목사님 모습 바라봅니다.

"부활復活하신 주님
이 나라 이 백성百姓, 속박束縛의 사슬 풀어 주시어
빛과 자유自由 누리는
주님의 자녀子女 삼아 주소서"

아펜젤러의 기도祈禱가
삼천리三千里 방방곡곡坊坊曲曲에
종소리 되어 은은히 울릴 때

황해도黃海道 사리원 땅에
포도나무 한 그루
파릇하게 싹이 솟았도다.

육체肉體에 가시 하나,
불면증不眠症이
이 포도나무 몸부림치게 하네

경암산 장수산에 올라
주님께 부르짖으셨다.
이 생명生命 거둬 주시던지
이 가시 빼어 주시던지

"준비準備 아직 아니 되었다."
하시던 주님
마침내,
"너는 내 사람이다."

은혜恩惠로다 은혜恩惠로다
능력能力 약弱할 때 온전穩全케 하시는
주님의 은혜恩惠로다.

그 말씀 배우고 그 말씀 따라
밤낮 없이 고향故鄕 땅에 복음福音 전傳하니
메마른 가슴마다
사랑 피어났도다.

해방解放은 꿈꾸듯 왔으나

땅과 마음이 분단分斷된 혼돈混沌 속
그 아수라장을 한사코 빠져 나와
경기京畿 충청忠淸 제주濟州 땅에서
교장校長으로 교목校牧으로 목자牧者로
죽어가는 영혼靈魂을 생명길로 인도引導하시며
때때로 힘드시면
"주 안에 있는 나에게 딴 근심 있으랴
내 앞 길 멀고 험險해도 나 주님만 따라가리"
울며 기도祈禱하시었도다.

주님의 뜻이 있어
수원水原 팔달산八達山 아래, 이곳에
예수님을 목사牧師로 모시는 수원제일감리교회
이루시었네

하나님의 참빛 받아 자란
그 포도葡萄나무 한 그루
그 크고 무성茂盛한 포도나무
우리 다 볼 수 없고
두고 두고 보아도 가늠 못하겠네

나무는 큰 나무 덕德 못 보아도
사람은 큰 사람 덕德 누리도다.
크고 크신 포도葡萄나무
우리의 아버지여!

예수님은 팔복산八福山 올라 말씀하셨고
목사님은 팔달산八達山 올라 말씀 증거로
우리를 길러 주셨도다.
자연自然은
제2의 성경聖經이라고.

"꽃 가지에 내리는 가는 비 소리
가만히 기울이고 들어 보세요
너희들도 이 꽃처럼 마음이 고와라."

어린이의 마음으로, 어린이의 눈 높이로
어린이에게는 아름다운 꿈을
어른들에게는 아름다운 추억을 심어 주어
우리의 영혼靈魂을 맑고 밝게 길러 주신
우리의 아버지

하나님은 말씀으로 천지만물天地萬物 창조創造하시고
목사님은 말씀 증거로 우리 심령心靈 고쳐 주셨네

그 어려운 때
우리의 괴로움, 슬픔, 그리고 두려움 함께 하시며
우리의 심령心靈 편안便安케 하여 주셨네

그 크신 포도나무 열매 열리니
교회敎會가 넷이요 학교學校가 일곱
미국美國 태국泰國 필리핀 몽골
아니 땅 끝까지 증인證人이 되심
송이 송이 아름답도다.

이제는 세상 짐 내려 놓으시고
빛난 면류관冕旒冠 쓰고 계신
귀貴하고 귀貴하신
우리의 아버지여!

다섯 달란트 받아 다섯 달란트 남겼다 말씀 올리니
잘 하였도다, 착하고 충성忠誠된 종아

칭찬稱讚 받으신 모습
빛나도다 빛나도다
우리의 아버지여!

언제나 이르시던
"우리 하나님께 인사人事합시다. 할렐루야!"
그 음성音聲,
그 훌씬하신 모습 선명鮮明하도다.

정성껏 길러 주신 하모니카 성가대聖歌隊 찬양讚揚에 맞추어
아직도 톱 연주演奏 은은한 소리 속에
우리 모두 기쁜 찬송讚頌 드리며
우리의 아버지 바라봅니다.

하나님의 뜻이 하나 하나 이루어지는
놀라운 역사役事 지켜 보시며
몸과 맘과 정성精誠을 다 바치신
훌륭하신 황경화 사모師母님
여자女子 중에 복福이 크시도다.

일곱 별처럼 반짝이는 일곱 자녀子女
사위 며느리 손자孫子 손녀孫女
우리의 아버지의 뒤를 따르니
곱고 아름답도다.

이제 우리들은
생전生前에 당부當付하신 말씀 따라
감사感謝하며 사랑하며
주님만 따라가렵니다.

산과 들에 진달래 개나리 만발滿發한 길을 지나
이천利川 땅 양지陽地 바른 곳에 고이 모시오니
미수米壽에 이르신 강건康健한 육신肉身
편便히 쉬소서!

9

동막댁東幕宅 이야기

저자의 고향집

동막댁東幕宅 이야기

1. 내 고향 안말

남양부南陽府 석문동石門洞에 나지막한 한봉산漢峰山, 그 산 양지녘에 예닐곱 초가집이 도란도란 모여 있다. 굴뚝에는 뽀얀 연기 오르고, 담장 밑에는 어미닭이 병아리 품고, 누런 암소는 음매하며 송아지 부르는 고요한 마을이다. 이 마을은 아늑한 마을이라 '안말'이라 불러왔다.

마을 한 가운데 송계은宋繼殷(礪山 宋氏 11世孫) 할아버지를 모신 사당祠堂이 있고, 그 주변에 옹기종기 모여 사는 자손들은 이 마을에서 태어나 이 마을에서 살다가, 죽으면 이 산에 묻히며, 날이 새면 일어나 일하고 해가 지면 집에 들어와 잠자곤 하며 살아온 조상님들의 뒤를 이어 어질고 착하게 살아온 사람들이다.

정월 대보름 밤이면 한봉산에 올라 무장봉 위에 떠오르는 달을 보며 일년 농사를 가늠하고, 더위를 무릅쓰며 밭 갈고 논 매며 농사를 지어 한가위에는 햇곡식으로 조상님께 차례를 올리고, 시월 상달에는 자손들이 모두 모여 시제時祭를 올리었다.

바다 건너 멀리 충청도忠淸道 산들이 보이고, 하루 두 번 바닷물이 들어왔다가 나가는 바닷가 마을이다. 바닷물이 나가면 자색 갯벌에서 행이, 나문재 등 해초를 뜯고, 누룩지, 숭어, 낙지, 망둥이, 맛, 빗죽 등 어패류를 잡았다.

남양南陽은 옛날 삼한시대三韓時代에는 마한馬韓의 54개個 부족국가중部族國家中 원양국爰襄國(남양南陽 비봉飛鳳 팔탄八灘 마도麻道 송산松山 서신西新)이었고, 백제百濟 때에는 당항성黨項城, 고구려高句麗가 남진南進하여 당성군唐城郡이라 했고, 통일신라統一新羅가 차지하자 당은군唐恩郡이라 하더니 고려高麗 초初에는 다시 당성군唐城郡이라 부르다가, 충선왕忠宣王 2년(1310)에 남양부南陽府라고 부르기 시작하여 일제日帝가 남양군南陽郡을 수원군水原郡에 통합統合(1914. 3. 1)하기까지 남양南陽이라는 이름이 계속되었는데 해방解放이 되자 뜻 있는 분들이 남양군南陽郡 유치留置를 추진推進하였으나, 남양면南陽面이란 면面의 이름만을 간신히 되찾아 오다가, 수원읍水原邑이 시市로 승격昇格 되자 남양군南陽郡 땅을 비롯한 수원군水原郡의 일부를 남양군南陽郡이라고 하여야 할 것을 잘못하여, 화성군華城郡이라는 괴상한 이름으로 하였다가 이제는 시로 승격이 되면서, 남양시南陽市로 할 것을 화성시華城市로 다시 한 번 잘못을 하였다.

조선朝鮮 현종顯宗 7년(1666) 남양부사 민기중閔耆重은 국사봉國祀峰 아래 원두골에 용백사龍栢祠를 세워 촉한蜀漢의 정치가政治家 제갈량諸葛亮(181~234)과 송宋나라 직학사直學士 호안국胡安國과 병자호란丙子胡亂때 순절殉節한 남양부사南陽府使 윤계尹棨(1583~1636)의 위패位牌를 모시고 제향祭享을 올리었다. 이는 아마도 중국中國의 남양南陽 땅에서 태어난 제갈공명諸葛孔明과 같으신 훌륭한 재상宰相이 우리 고장에서도 태어나길 바람이 아닌가 한다.

석문동石門洞은 마을 입구「줄변」에 바위 줄기가 있는데, 그 줄기에 자연스러운 바위 문이 있어, 그 돌문으로 드나들

저자의 고향집

어 '돌문안'이라 부르는 것을 한자漢字로 석문동石門洞이라
한 것이다. 그 옆을 흐르는 개울을 선돌내라 함을 보면, 어
디쯤인가 돌이 서 있었을 듯하다.

2. 증조 할아버지와 증조 할머니

증조 할아버지 송시준宋時濬(1817~1908. 11. 16)은 고조
할아버지 송무수宋懋修(1781~1833. 12. 18)와 고조 할머니
광주廣州 이씨李氏 사이에 둘째 아드님으로 태어나시니, 조
선 순조純祖 17년(1817)이다. 그리고 여산礪山 송씨宋氏 21
세손世孫이시다. 증조 할아버지는 후사後嗣가 없으시어, 할
아버지를 양자로 맞아 들이셨다.

증조 할아버지와 증조 할머니에 대하여는 더 이상 들은 바
가 없으나, 가난하게 사셨던 것으로 짐작되나 착하게 살아
오신 것은 틀림이 없다. 산소는 한봉산 동쪽 기슭에 있다.

3. 할아버지와 할머니

할아버지 송용宋榕(1857~1921. 10. 29)은 송사준宋思濬(1816~1866. 4. 2)과 청해淸海 이씨李氏 사이에 태어나시니 조선 철종 8년이다. 자字는 영수永洙이시고, 한문수학漢文修學을 하시었다.

할아버지는 부지런하시고 매사每事에 연구심研究心이 뛰어나셨으며, 신체身體가 강건剛健하시었다. 남달리 바다 고기를 잘 잡으시었고, 잡으신 고기는 읍내 장에 넘겨 한 푼 두 푼 열심히 모으시었다. 어느 날인가, 고기를 잡아 저녁 늦게 오시다가 외진 길에서 흉한兇漢을 만나 밤새껏 싸우시다 결국 굴복을 시켜 허리띠로 참나무에 묶어 놓고 집에 오셨다가, 해 돋은 후에 가보니 피 묻은 빗자루인 적이 많으셨다고 한다. 어느 때에는 노름꾼들이 달려들었으나, 어찌 힘이 좋으신지 단번에 모두를 굴복시켰다고 하신다.

할아버지는 할머니 수성隨城 이씨李氏(1855~1877. 4. 14)와 결혼結婚하시었는데, 할머니가 동막東幕(지금의 팔탄면 노하리)에서 시집을 오시어 그때부터 우리 집을 '동막댁東幕宅'이라 불렀다고 한다. 할머니는 대홍수大洪水와 흉년凶年의 계속繼續으로 굶주린 생활生活 끝에 애석哀惜하게도 젊은 시절에 돌아가셨다. 할머니는 어찌나 배가 고프신지 장독 안에 말라 붙은 된장 덩어리를 잡수시고 조갈燥渴이 나서 물을 많이 마시어 돌아가셨다고 한다.

할머니는 배가 고파 죽기까지 참으신 순박淳朴하시고 정결淨潔하신 분이시기에 참으로 고결高潔하신 어른이시다.

할아버지는 한 동리에 사시는 할머니(순흥順興 안명선安明

善과 조사복趙思福의 딸 안치옥安致玉, 1867~1948. 12. 22)
와 재혼再婚하시었다. 할머니는 할아버지와 힘을 합하여 열
심히 노력을 하시어 석문동石門洞에 있는 전답이 팔려고 나
오면, 모두 사들여 굶어 돌아가신 수성隨城 이씨李氏 할머니
의 영혼靈魂을 위로慰勞해 드리려고 무척이나 정성精誠을 드
리셨다.

항아리(약 한 말들이)에 쌀을 가득 담아 벽장 안에 모셨다
가 새 쌀이 나오면 묵은 쌀은 쏟고 제일 먼저 햅쌀을 담곤 하
시었으며, 이 일은 며느리, 손주며느리에 이어졌다. 이 항아
리를 '할머니 항아리', 이 쌀을 '할머니 쌀'이라 부른다.

할아버지는 뒤를 이을 후사後嗣가 없이 57세(1907)에 아
버지 송정순宋貞純을 입양入養하시었고, 1910년에 어머니 전
주全州 이씨李氏 이금선李今善을 며느리로 맞이하여, 1919. 3.
5에 맏손자인 큰 형님 은만殷萬을 보시고, 할아버지는 1921.
10. 29에 향년享年 65세로 돌아가셨다.

할아버지는 '용심用心은 갖되, 욕심慾心은 갖지 말라'고
늘 당부當付하셨다고 한다. 남이 잘 되면 그가 어떻게 하여
잘 되었는가를 생각生覺하여야지, 공연히 욕심慾心만 내서 시
기猜忌를 하거나 탐을 내지 말라고 하신 말씀이시다.

할머니는 더욱 열심히 일하시며 이웃을 사랑으로 감싸주
시어, 동네 할머니로 이름이 나셨다. 온 동리 남녀노소男女
老少가 모두들 '동막東幕 할머니'라고 부르며, 어려움이 있
을 때마다 도움을 받곤 하였다.

할머니는 '남의 재산財産에 손대는 자는 하늘이 결코 그
냥 두지 아니 하신다'라고 우리에게 당부當付를 하시었다.
'재산財産은 자기自己의 노력努力으로 모을 것이지 남의 재

산財産을 부정不正한 방법方法으로 뺏는 자는 망亡하고 말더
라' 하시며, 집안 사람들이 보증保證을 서달라고 애원哀願을
하여 보증保證을 서 주었더니 갚지를 아니 하여 결국 손재損
財를 많이 보셨으나, 그들이 잘 되는 것을 보지 못하였다고
하시며, 이렇게 말씀하시었다.

할머니는 애석哀惜하게 굶어 돌아가신 수성隨城 이씨李氏
할머니의 영혼靈魂을 어떻게든지 위로慰勞하여 드리기 위하
여 '할머니 항아리'를 모시었으니, 이것은 사랑의 항아리요
가정의 구심점求心點이 된 항아리였다. 그 쌀은 흉년凶年이 들
어 쌀 한 톨이 없을 때 귀한 손님을 대접待接하였고, 자손子
孫들이 병마病魔에 기력氣力을 잃었을 때에 그 쌀로 죽粥을 쑤
어 먹고 원기元氣를 회복回復하곤 하였다.

할머니는 손자孫子 은만殷萬, 준만俊萬, 건만健萬, 홍만弘萬,
손녀孫女 숙희淑姬, 옥희玉姬, 옥연玉鳶과 증손曾孫 광자光子,
관면寬勉, 해면海勉, 학녀鶴女까지 보시고, 1948. 12. 22에 향
년享年 82세로 돌아가시었다.

할머니는 대한민국大韓民國이 되어 처음 실시實施한 총선
거總選擧(1948. 5. 10)에 투표投票를 하고 오시다가 대낮에
갑자기 어두워지는 일식日蝕을 만나 길을 찾아 헤매셨다는
이야기를 하여 주셨다.

할머니는 가쁜 숨을 이으시며 누워서 간신 간신히 방문을
돌아보시며 애비(아버지) 왔느냐 물으시곤 하시다가, 해질
녘 방문 열고 들어오시는 아버지 손을 꼭 잡으시고 힘을 주
시면서 운명을 하셨다. 하늘도 무심치 않으시어 겨울인데도
마을 앞에는 안개가 끼었다. 발인發靷하는 날에는 여느 봄 날
씨보다도 따뜻하여 온 동리 사람들이 모두 상여喪輿 뒤를 따

르며 눈물을 흘렸다. 그 후 해마다 이때쯤이 되면 겨울인데도 날씨가 따뜻하곤 하였다.

우리 집을 '동막댁東幕宅'이라고 하였는데, 당시當時에는 집집마다 택호宅號가 있어 우리 집의 택호는 동막댁東幕宅이었다. 그것은 수성 이씨 할머니가 동막에서 시집을 오시었기 때문이다. 그런데 이 택호는 그 할머니가 돌아가셨어도 계속 이어졌다. 그래서 순흥 안씨 할머니도 동막 할머니라고 불렀고, 어머니도 동막 할머니라고 불렀다.

할머니는 어려운 이웃을 따뜻하게 보살펴 주시고, 먼 곳에서 동네 손님이 오시면, 의례依例 우리 집 사랑방舍廊房에 모시어 극진한 대접待接을 하시었으며, 지나가는 나그네도 묵어 보내곤 하시었다. 저녁이면 사랑방舍廊房에 온 손님이나 동리洞里 사람들에게 밤참, 야식夜食을 대접待接하곤 하여, 인근隣近 사람들이 '동네 할머니' 또는 '동막 할머니'라고 부르며 존경尊敬을 하였다.

할머니는 키가 크시고 자상하시어 손자들의 손을 잡고 다니시며 하나하나 자상하게 일러주셨다. 남의 참외밭을 지나며 '너 참외가 먹고 싶으냐' 하시면 당장 입안에 침이 가득 차는데, 그 때에 할머니는 '저 것은 남의 것이야, 남의 것은 먹고 싶어도 참아야 한다. 세상의 모든 것은 주인이 다 있단다' 하시었다. 그 하신 말씀이 항상 귀에 은은하였다.

할머니는 밥을 씹어서 먹여 주시었는데 이를 형들이 보고는 질색을 하면서 위생적으로 나쁘다고 하였으나, 무슨 말인지 몰랐고, 그저 맛만 있었다. 더구나 조금 자라 밥을 먹을 때, 밑둥 김치를 채쳐서 맨손으로 밥을 주물럭 주물럭 비벼 먹여 주실 때, 할머니의 얼굴이 얼마나 사랑스러웠는지 지금도 잊을 수가 없다.

여름밤이면 짚신 할머니와 짚신 할아버지 이야기하시며 알 수 없는 눈물을 흘리셨고, 옛 집터 도깨비불 이야기, 강구쟁이 외딴집 솥 뚜껑을 솥 안에 넣었다 꺼냈다 하였다는 도깨비 이야기, 모퉁이 길에 달걀을 걷어차면 점점 커진다는 달걀귀신 이야기로, 겨울밤이면 화롯불에 밤을 구워주시며 옛날 옛적 호랑이 담배 먹던 시절로부터 이어지는 호랑이가 의로운 자를 돕는 이야기, 여우가 고갯길에서 도섭부리는 이야기, 언제 들어도 싫증 나지 아니 하는 이야기로 밤이 깊어가곤 하였다.

할머니는 과일을 딸 때나 곡식을 벨 때에는 까치밥, 새 밥으로 조금씩을 남겨 놓으라 하시며, 그렇지 아니 하면 가난하게 된다고 하셨다. 세수할 때 물 많이 쓰면 죽을 때 그 물을 다 마셔야 한다고도 하시었다.

할머니는 잔칫집에 가셔도 남의 할머니와는 달리 나오는 음식만을 먹게 하시지, 이것 저것을 집어다가 주거나 수선을 피우지 아니 하셨다.

우리가 자랄 때에 인근에 사는 어른들이 우리를 '동막댁 손자'라면서 아주 귀하게 대하여 주었다.

4. 아버지와 어머니

아버지 송정순宋貞純(1899. 3. 24~1983. 1. 21)은 생가生家 할아버지(송재宋梓 1868~1949. 3. 4)와 할머니(南陽 洪氏 洪泰厚)의 둘째 아드님으로 태어나셨다. 아버지는 기억력이 좋으시고 풍채가 의젓하시었다. 1907년 8세의 어린 나이로 집

부모님 생전의 모습

안 어른이신 양가養家 할아버지(송용宋榕)의 양자養子로 들어
가셨다.

노하리에 있던 박시준朴時俊 훈장님의 서당에서 한문수학
漢文修學에 열중熱中을 하시었다. 서당書堂에서는 서민계급庶
民階級의 자녀子女들을 교육教育하였는데 천자문千字文 동몽선
습童蒙先習 통감通鑑 소학小學 대학大學 논어論語 맹자孟子 등
을 배워 향교鄕校에 입학준비入學準備를 하였다.

1911년 12세에 어머니(전주全州 이씨李氏 이재형李在亨의
장녀 이금선李今善 1896. 1. 1~1980. 5. 16)와 결혼하시었다.

2대代에 걸쳐 입양으로 이어진 집안이라 할아버지와 할머
니의 염원念願이신 자손子孫의 창성昌盛을 천지신명天地神明
이 들어주시었다. 1919. 3. 5에 큰 형님 은만殷萬을 낳으시
니 할아버지와 할머니는 명命이 길라고 '개똥이'라고 부르
시며 기뻐하시었다. 이어서 1924. 3. 8에 둘째 형님 준만俊

萬을, 1926. 4. 12에 셋째 형님 건만健萬을, 1929. 1. 15에 큰 누님 숙희淑姬, 1931. 5. 19에 둘째 누님 옥희玉姬, 1934. 1. 29에 셋째 누님 옥연玉鳶을, 그리고 1938. 5. 1에 나 홍만弘萬을 낳으셨다.

둘째 형님을 낳으신 후 살던 집 바로 위에 큰 터를 닦아 삼칸 대청과 행랑채를 지으시니, 이 동리에서 제일 크고 좋은 집이었다. 대청마루 아름드리 소나무 대들보에는 잉어 모양의 음각이 있어 어린 시절 누워서 물 속에서 잘 놀고 있는 모습을 재미있게 보며 잠이 들곤 하였다. 또 두 겹 상량 사이에 마룻대공(宗臺工)은 정교精巧하고 아름다운 조각彫刻이라 흔히 볼 수 없는데, 정확한 이름은 아직 모른다. 어려서 올려다보면 기차 지붕 위에 환기통과 같이 보였다. 또 옛 집터에는 다섯 길 정도의 돌로 짜올린 우물과 대접감나무 두 그루와 큰 밤나무 몇 그루가 있었다.

아버지는 격변激變하는 새로운 시류時流에 어두우시고 경험經驗도 없으시어 집안 사람들의 재정보증財政保證을 서주시었으나, 그들이 갚지를 아니 하여 많은 재산財産을 잃으시고 마침내는 집까지 남의 것이 되었다. 할 수 없이 남의 전답田畓을 소작小作하여 연명延命하며 살았다. 그러다가 농지개혁農地改革으로 상환償還을 받았다. 그러나 그 많은 전답田畓과 그 넓은 산山은 찾지를 못하였다. 그래서 고향故鄕을 떠나 다른 곳에서 새로운 출발出發을 하시려고 많은 노력努力을 하여 보셨으나 이루지 못하시고 해방解放을 맞이하셨다.

성균관成均館으로부터 남양향교南陽鄕校의 전교典校(당시에는 直員) 임명任命을 받아, 부서져가는 향교鄕校를 새로이 가꾸시고 흩어진 향교재산鄕校財産을 찾으시었으며, 퇴락退落

셋째 고개를 넘으며

*

한 향교鄕校 건물建物을 수선修繕하시고 퇴색退色해 가는 유교儒敎의 재흥再興을 노력努力하시었다.

남양향교南陽鄕校는 조선朝鮮 태조太祖 6년(1397)에 역골(현재 남양중고등학교 자리)에 설치設置하였던 것을 그 후 지금의 자리로 옮겼다. 향교鄕校에서는 소학小學 사서四書 오경五經을 배워 생원生員 진사進士가 되면 성균관成均館에 들어가 과거科擧를 준비準備하게 되는 교육기관敎育機關이다.

그런데 고종高宗 31년(1894)에 과거제도科擧制度가 폐지廢止되어 교육기관敎育機關으로서의 기능機能이 사라지고 단지 문묘제향文廟祭享만을 한다. 홍살문을 들어서면 외삼문 내삼문이 있고 명륜당明倫堂과 그 동서쪽에 동재東齋와 서재西齋가 있으니 양반자제와 서민자제가 기숙寄宿하던 곳이다. 대성전大成殿에는 중국中國의 5성聖(공자孔子 안자顔子 증자曾子 자사子思 맹자孟子)과 2현賢, 그리고 우리나라의 18현賢(설총薛聰 최치원崔致遠 안유安裕 정몽주鄭夢周 김굉필金宏弼 정여창鄭汝昌 조광조趙光祖 이언적李彦迪 이황李滉 김인후金麟厚 이이李珥 성혼成渾 김장생金長生 조헌趙憲 김집金集 송시열宋時烈 송준길宋浚吉 박세채朴世采)의 위패位牌를 봉안奉安하여 매년每年 음력陰曆 2월과 8월의 첫째번 정일丁日에 춘추석전春秋釋奠을 거행擧行한다. 초등학교 다닐 때 석전에 자주 가서 제사 지내는 것을 보고는 그 음식을 맛있게 먹곤 하였다.

아버지는 악독惡毒한 일본日本의 식민지植民地 정책政策 아래, 그리고 동족상쟁同族相爭의 피비린내 나는 전쟁의 소용돌이, 이어지는 흉년凶年의 계속繼續 중에도 자손子孫들에게 아무런 탈 없이 어려움을 무난히 넘기시며 가정家庭을 지키시었다.

1952년에는 남양면의회南陽面議會 의원議員으로 당선當選
이 되셨고, 1956년에 재선再選되시었다.

한편 종사宗事를 맡으시어 시조始祖 할아버지로부터 이어
진 혈통血統을 재확인再確認하시면서 여산송씨礪山宋氏 제11
세손 송계은宋繼殷(산음현감山陰縣監 역임歷任) 할아버지가 이
곳에 정착定着하신 이래 한동안 못 올리던 시향時享을 올릴
수 있게 종회宗會 재정財政을 확보確保하시었다.

아버지는 농업農業으로는 앞으로 살아가기 힘들 것을 아
시고 자손子孫들이 사업이나 공직公職에 나가주기를 바라시
었다. 그래서 큰 형님은 형무관刑務官으로, 둘째 형님은 교사
教師로, 셋째 형님은 상업商業을 경영經營하시었고, 나도 법
원공무원法院公務員으로 정년停年 퇴직退職을 하였다. 조카들
도 대부분 공무원公務員, 회사원會社員, 그리고 사업事業을 경
영經營하고 있다.

1959. 8. 19(음 7. 16)에 큰 형님이 비명非命에 가시자 온
집안이 슬픔으로 가득하였으나, 아버지는 젊은 사람 못지 않
게 자손子孫들을 남부럽지 않게 키워 놓으셨다.

1980. 5. 16(음)에 어머님이 돌아가시어 노후老後에 외로
움을 많이 겪으시다가 1983. 1. 21에 84세를 일기로 돌아가
셨다.

아버지는 우리 말의 대부분大部分이 한문漢文인데 학교學
校에서 한문漢文을 배우지 말라는 것은 잘못이라며, 이른 새
벽이나 저녁에 천자문千字文에서 하루에 네 글자씩을 가르쳐
주시었다. 그리고 밥상에서나 산길에서나 논밭에서도, '성
현聖賢의 말씀에, 선한 일은 적다고 아니 하지 말고, 악한 일
은 적더라도 하여서는 아니 된다'(勿以善小而不爲 勿以惡小

而爲之)라는《명심보감明心寶鑑》의〈마음을 밝히는 보배로운 거울〉에 나오는 말씀을 늘 되새겨 일러 주시었다.

아버지는 좋은 기억력記憶力을 가지시어 사람들과 많은 대화對話를 오래 나누시며, 특히 전설傳說, 역사歷史, 옛 이야기를 잘 하시었다. 책과 신문新聞을 늘 읽으시고 보학譜學을 많이 익히시었다.

송씨宋氏의 도시조都始祖는 당唐나라에서 호부상서戶部尙書를 지낸 송주은宋桂殷이며, 그의 7세손인 송순공宋舜恭의 후손 송자영宋自英은 아들 셋을 두었는데, 이 세 아들로부터 우리나라의 송씨가 시작되었으니, 맏아들 송유익宋惟翊을 시조로 하는 여산송씨礪山宋氏, 둘째 아들 송천익宋天翊을 시조始祖로 하는 은진송씨恩津宋氏, 셋째 아들 송문익宋文翊을 시조始祖로 하는 서산송씨瑞山宋氏가 있다고 하시었다.

우리 시조始祖 할아버지 송유익宋惟翊은 고려조高麗朝 공신功臣으로 여산군礪山君에 봉봉하여진 다음 은청광록대부銀靑光祿大夫 추밀원부사樞密院副使를 추증받으셨으며, 제 4세손世孫 송송례宋松禮는 고려 원종 때 몽고蒙古에 대해 완전完全 항복降伏의 표시標示인 개경開京으로의 환도여부還都與否를 두고 원종측과 임유무측이 대립對立하고 있을 때 왕정복고王政復古에 기여寄與한 공으로 추성익대보리동덕좌명공신推誠翊戴輔理同德佐命功臣의 호를 받았고 관직官職이 상승上昇하여 도첨의사사중찬都僉議使司中贊으로 계시다가 물러나셨다고 일러주시었다.

아버지는 어린 아이 우는 소리가 끊어지거나, 글 읽는 소리가 멈춘 집은 더 이상 볼 것이 없는 집안이 된다고 말씀을 하시면서, 글을 소리 내어 읽게 하시었다. 책 읽는 소리를 들으시다가 의문이 드시면 묻기도 하시었다. 그러시다가 코를 고시며 주무시면 읽기를 멈추고 숙제를 하면, 잠에서 깨시어 왜 안 읽느냐고 하시어 다시 소리 내어 읽었다. 그래서 초저녁에는 국어, 국사, 도덕 교과서를 읽고, 깊은 밤이면 수학, 과학 등을 공부하였다.

아버지는 향교鄕校 일로 성균관成均館에 자주 가시곤 하셨는데, 그때마다 강의실講義室에서 귀신鬼神의 존재여부存在與否에 대한 토론討論을 듣고 오셔 말씀하여 주셨다. 또 초등학교初等學校에서 고등학교高等學校에 다닐 때까지 간간이 학교學校에 오셔 교실敎室 안 앞에 앉아 계시기도 하셨다. 선생님은 교육敎育에 많은 관심關心을 가지신 훌륭하신 분이라 하셨지만 급우級友들의 놀림이 싫었다. 청주淸州에 있는 서울지방전매청地方專賣廳 청주공장淸州工場에 다니며 대학大學을 다닐 때에도 찾아 오셨고, 서울민사지방법원民事地方法院에서 재판참여裁判參與를 할 때에도 법정法廷에 들어오셔서 지켜보시었다.

아버지는 종종 풍화당風和堂에서 친구분들과 함께 계시었다. 풍화당에는 기로소耆老所가 있었는데, 기로소는 조선朝鮮 태조太祖 때 노인老人들을 존경尊敬하는 경로敬老와 예우禮遇를 위하여 중앙中央에 설치設置한 것인데, 남양南陽에도 이를 설치設置하여 이 고장의 풍속風俗을 바로 잡았다고 한다. 어느 때에는 현직現職 부사府使를 불러서 잘못을 심히 꾸짖었다고 한다.

아버지는 언짢은 일 오래 품지 말라고 하시었다. 돌아가시기 얼마 전에 나의 안색을 보시고 하신 말씀이라 오래 잊을 수 없다.

어머니 이금선李今善(1896. 1. 1~1980. 5. 16)은 외할아버지 이재형李在亨의 장녀로 마도면麻道面 슬항리瑟項里 절골에서 태어나시어 외할머니로부터 바느질과 길쌈을 배우시고, 큰 외삼촌에게서 언문(한글)을 배우시었다고 한다. 길쌈을 잘 하셨고 밤이면 언문소설 춘향전, 장화홍련전, 심청전 등을 재미있게 읽으셨다고 한다.

1910년 15세에 시집을 오시어, 생가 시부모님과 양가 시부모님을 극진히 모시었다. 기울어지는 살림을 지탱하시려 무척 애를 쓰셨다. 길쌈을 하시어 무명, 명주를 짜시어 장에 내다가 팔고, 남의 집에 가시어 길쌈을 매주시어 일손을 얻기도 하시었으니, 길쌈을 하루 매주시면 장정壯丁이 이틀 일을 해주거나, 소를 이틀 빌려주었다. 누에를 길러 누에 꼬치로 명주실을 뽑아 냈고, 목화를 심어 무명실을 짜내었다. 학교에 갔다 오면 어머니는 길쌈을 하러 남의 집에 가셨거나 우리 집 명틀에 앉아 계신 모습이 지금도 생생하다. 우리 4남 3녀를 기르려고 노력을 많이 하셨다.

어머니는 남과 다투지 말고, 남의 보증을 서지 말라고 당부하셨다. 남과 다투어 이利를 보는 경우는 없고 늘 손해만 보며, 다 같이 나쁜 사람이 된다고 하셨다. 그리고 옛날부터 남의 빚 보증서는 사람은 낳지를 말라고 하시었다고 늘 말씀하시었다.

어머니는 여름에 보리 마당질을 하면서 아이스 케이크를 사가지고 잡수시면서 자리에 없는 식구의 것은 사발에 넣어두어 녹은 그 물을 마시게 하시었다. 학교에서 돌아와 그 물을 마시면서 공정公正하신 배분配分에 감탄을 하였다.

어머니는 할아버지 할머니 제삿날이나 명절에 캄캄한 밤

에 우리 형제들이 오는 것을 보시며, 나는 달 밝은 때에 죽어 너희들 어둔 밤에 오느라 힘들지 않게 하겠다고 늘 말씀을 하시었는데, 말씀처럼 열 엿새(음력) 날에 돌아가셨다. 산에서 나무를 하실 때에 소나무 포기마다 솔가래를 손으로 긁어모아 놓으시면서 이곳이 따뜻하고 소나 개들이 밟지 않는 곳이라 깨끗하니, 내가 죽으면 이곳에 묻어 다오 하시곤 하였는데, 돌아가신 후後에 지관地官에게 산소山所 자리를 보라고 하니 다 둘러보고는 바로 그곳에 자리를 잡는 것이었다.

어머니와 함께 외갓집에 가는 날이면 가장 좋았다. 대문大門이 둘인 큰 집이고 외숙모님과 외사촌 형수님이 반갑게 맞아 주시며, 뒤주에서 꺼내주시는 배 사과 엿이 얼마나 맛있었는지 지금까지 잊을 수가 없다.

어머니는 초저녁에 텔레비전을 보시고, 새벽에 돌아가셨다고 한다. 운명殞命을 하신 후後에야 집에 가서 싸늘한 손을 잡는 순간 어머니와 나는 하늘과 땅만큼이나 멀어졌다. 마지막 모습을 뵙지 못한 불효不孝를 어이 잊을 수가 있단 말인가. 젖도 마른 어머니의 몸에 막내로 태어나서 효도孝道 한번 못하고 말았다.

어머니는 내가 취직就職 시험試驗에 떨어져 무거운 걸음으로 집에 돌아오면, '한두 번이 뭐냐, 삼 세 번이 있단다' 하시며 위로와 용기를 주셨다. 어머니는 한글 모르는 나에게 언문소설諺文小說을 읽어 주시며 한글을 가르쳐 주시면서 눈이 침침하시다며 읽어달라고 하시고는 실을 감으시며 들으시다가 가끔 눈물을 흘리셨다. 밤이면 동네 친구親舊 분들을 부르시어 함께 듣기도 하셨는데, 그 어른들이 오실 때에 누룽지, 군밤, 대추, 곶감 등을 가지고 오셔 주시면서 총기聰氣

있게 잘도 읽는다고 칭찬稱讚을 많이 하셨다.

5. 형님과 누님

(1) 큰 형님과 큰 형수님

큰 형님 송은만宋殷萬(1920. 8. 2~1959. 8. 19)은 총명聰明하고 출중出衆한 선비였다. 자손子孫 귀한 집안에 태어나 할머니는 너무 기뻐하면 삼신할머니가 성내실까봐 조심스럽게 기뻐하시며 오래 살라고 '개똥이'라고 부르셨다.

공부工夫를 잘 하여서 독선생님(가정교사家庭敎師)을 모시었으며 학문學問이 날로 익어가면서 장래將來가 촉망囑望되었는데, 온 세계世界가 전쟁戰爭 중中이었고 일본日本의 식민정책植民政策은 더 악독惡毒해져 젊은 사람들을 전쟁터로 몰아내었고 또 가세家勢가 기울어져서 학문學問을 계속繼續하지를 못하셨다.

큰 형님은 할 수 없이 독학獨學을 하시며 1939년에 큰 형수님(박시준朴時俊 백순희白順喜의 장녀長女 박금란朴琴蘭 1923. 3. 24)과 결혼結婚을 하시었다.

징용徵用을 나가는 대신代身 북양리 쥐밑골에 있는 광산鑛山에 다니시며 1921. 9. 21에 남양청년회南陽靑年會에서 밤에 야학을 시작하였는데 이를 통하여 신학문新學問을 배우셨고 해방解放 후後에는 저녁마다 동리洞里 청년靑年들에게 한글을 가르치셨다.

1950. 6. 25에 한국전쟁韓國戰爭이 일어나자 피난避難하면서 많은 고생苦生을 하시고 특히 1·4후퇴後退 때에는 국민병國民兵으로 부산釜山까지 가셨다가 무사히 돌아오신 승리

勝利의 순간瞬間은 우리 집에는 큰 기쁨이었다. 남들처럼 돈을 많이 가지고 가신 것도 아닌데 가며 오며 농사農事 짓는 곳에서는 농사일 도와주며, 나무하는 곳이면 나무를 하며, 도장圖章이 필요必要한 사람에게는 나무도장을 새겨 팔아가며, 끼니를 때우고 잠도 자며 건강健康한 모습으로 돌아오셨다. 대부분大部分의 사람은 굶어 죽고 얼어 죽고 돌아와 병들어 고생苦生하다가 생을 마치신 분들이 많았다.

1953년부터는 수원형무소남양작업장水原刑務所南陽作業場에 형무관刑務官으로 근무勤務를 하시어 전란戰亂과 흉년凶年 속에 온 식구들을 굶주리지 않게 하시었다.

셋째 형님이 살고 계신 부산釜山에 가서 수영비행장 앞 해수욕장海水浴場에서 1959. 8. 19(음 7월 16일)에 심장마비心臟麻痺로 요절夭折하시었다.

성품性品이 매사每事에 신중愼重하셔서 벽壁에 못 하나 박으려도 오늘 어느 쪽에 살煞이 있는지, 오늘의 일진日辰이 무엇이며 어젯밤 꿈은 어떠하였는지 살피셨다.

큰 아들은 하늘이 내리시는 것인지 정말로 효자孝子였다. 좋은 음식飲食이 생기면 할머니 아버지 어머니에게 드렸고 첫 열매를 따면 어른에게 먼저 드렸다.

큰 형수님도 큰 형님과 같이 효성스러워 할머니 아버지 어머니, 그리고 집안 어른들에게까지 잘 하시었다. 동기간에도 우애友愛 있게 하시었고 참 부지런하시었다. 서당書堂 훈장님의 장녀長女인데 한문漢文을 배우지 아니 하신 것 같다. 그 때에는 대부분大部分 그러하였다. 아버지도 사장査丈 어른에게서 배우셨고, 아마 큰 형님도 그 서당書堂엘 다니어 그 때에 총명聰明하고 출중出衆한 인품人品을 보시고 사위를 삼으신 것으로 생각된다.

큰 형님과 큰 형수님은 광자光子(1943. 12. 15) 관면寬勉 (1944. 10. 15) 해면海勉(1946. 7. 15) 학녀鶴女(1948. 2. 15) 헌면憲勉(1950. 8. 2) 훈면勳勉(1952. 7. 15) 선면瑄勉(1954. 9. 2) 왕면王勉(1958. 3. 9) 유면遺勉(1960. 3. 25) 등 9남매 男妹를 두셨다.

(2) 둘째 형님과 둘째 형수님

둘째 형님 송준만宋俊萬(1924. 3. 8~2000. 3. 14)은 연구 심研究心이 깊고 꾸준한 노력努力으로 매사每事를 열심히 하 셨다. 집안 사정事情이 어려워 서당書堂에도 오래 다니지 못 하고, 또 신학문新學問을 배우러 학교學校에도 가지 못하셨다. 농사農事일을 따라 하시며 기회機會 있을 때마다 남양소학교 南陽小學校에 부설附設되어 있는 교원양성소教員養成所 등 강 습소講習所를 열심히 다니셨고, 서울로 올라가 낮에는 목공 木工일 등 닥치는 대로 일을 하시고, 밤이면 여기 저기 강습 소講習所에서 신학문新學問을 배우시었다.

1944년 징집徵集되어 온 마을 사람들이 우리 집에 모여 송 별회送別會를 하였는데, 아버지 어머니의 근심이 대단하셨다. 다음날 아침 일장기日章旗와 영국英國 국기國旗를 앞세우고, 둘째 형님은 동리 사람들이 어제 밤에 무사히 돌아오기를 기 원祈願하는 글을 쓴 대형 일장기日章旗를 접어 어깨에 대각 선으로 매었고, 긴 장대에 일본日本 천황天皇에게 충성忠誠을 하라는 뜻의 글이 길게 쓰여진 깃발을 달아 앞장 세워 남양 南陽까지 전송을 할 때 어린 가슴도 매우 서러웠다.

집에 돌아와 그 깃발과 깃대를 아침 일찍 대문大門 밖에 세

우고 저녁이면 거둬들이며, 잣나무 한 그루를 심어 그 나무
가 살아야 무사無事하다고 매일每日 열심히 물을 주었다.

해방解放이 되자 군인軍人 갔던 사람들이 돌아와 동네 잔
치를 한다는데, 형님의 소식消息은 없어 부모님과 온 식구가
학수고대鶴首苦待하고 있는데, 돌아오신다는 소식消息을 들
으신 어머니는 돌문이 말랭이로 가는 길과 돌안말 말랭이로
가는 길이 갈라지는 지점地點에서 어느 길로 오느냐고 하시
던 모습과 소리가 생생하다.

제주도濟州道에서 군인생활軍人生活을 하시었다며, 바로 후
에 서울로 올라가셔서 낮이면 일하고 밤이면 한국대학韓國
大學 화학부化學部를 다니신 후에 강남중학교江南中學校 교사
教師로 근무勤務하셨다.

1948. 12에 둘째 형수님(차장규車章珪 심신임沈信任의 장
녀 차진강車鎭康 1930. 11. 16~1987. 3. 30)과 결혼結婚을
하셨다.

큰 딸을 낳자 마자 6·25 전쟁戰爭이 일어났는데, 마침 시
골에는 비가 오지 아니 하여 형님은 모내기를 도우려고 시
골에 내려온 사이에 전쟁戰爭 소식消息을 듣고 밤길로 서울
보광동에 가서 형수님과 큰 딸을 무사히 데리고 오셨다.

둘째 형님도 큰 형님과 같이 국민병國民兵으로 나가셨는데,
지혜智慧롭게 지내시며 건강健康한 몸으로 고향故鄕에 돌아
오셔서 군복軍服 염색染色일을 하였다. 아버님의 성화로 남
사南四, 송전松田, 양지陽智, 공도孔道, 원삼遠三, 창문昌文, 화
수花水 등 초등학교初等學校 교사教師로 근무勤務하셨다.

1968. 9. 30에 수원 연무동에서 이발관理髮館을 경영經營
하시다가 서울 봉천동에서 양곡상糧穀商 석유판매石油販賣 등

을 하시었다.

형수님은 기골氣骨이 장대壯大하시고 성품性品이 남성男性다웠다. 형님들 아니 계실 때 농사일이며 나무하기 등을 거침 없이 하시고 또 형님의 공직생활公職生活에 보탬이 되고 아이들의 교육비敎育費 등을 장만하려고 닥치는 대로 행상行商을 하시었다.

그 건강健康하신 분이 돌아가시니 형님은 적적한 노후老後를 지내시었는데 침술鍼術과 한의학韓醫學을 배우시어 많은 사람들에게 도움을 베푸시었다.

둘째 형님과 둘째 형수님은 민자敏子(1950. 6. 20) 권면權勉(1953. 1. 15) 의면義勉(1955. 1. 3) 면면勉(1958. 6. 16) 금숙錦淑(1960. 2. 4) 등 5남매男妹를 두셨다.

(3) 셋째 형님과 셋째 형수님

셋째 형님 송건만宋健萬(改名 宋鍾喆 1926. 8. 25~2000. 1. 18)은 어려서 생 할머님(남양 홍씨)이 '말똥'이라고 부르셨다고 한다. 굉장히 활동적이었나 보다. 우물에 와서 물을 달라고 할 때도 많이 많이 달라고 졸랐다며 성질이 급하시었다고 어머님이 늘 말씀을 하시었다.

형님들 중에 셋째 형님만 학교學校를 다녀서 학교형學校兄, 학교 오빠라고 불렀다. 당시 학교에 다니면 일본日本 병정兵丁으로 끌려 간다는 바람에 보통학교普通學校 취학就學을 피하여 오다가, 기미년己未年 3·1운동運動 이후 불붙기 시작한 향학열向學熱에 힘입어 남양공립보통학교南陽公立普通學校에 입학入學을 하여 1942년 제 32회로 졸업卒業을 하셨다.

형님이 보통학교普通學校에 다니며 상품으로 타다 놓은 필

통筆筒, 크레파스, 공책空冊, 연필鉛筆을 어머님이 간직하셨다가 주셔서 자랑하며 또 아껴가며 썼는데, 학용품學用品에 그려진 그림에도 빨간 색의 일본日本 비행기飛行機가 파란 색의 미국美國 비행기飛行機를 떨어뜨리는 그림이 빠짐 없이 있었다.

형님은 숭문상업崇文商業을 거처 국학대학國學大學을 졸업卒業하시고, 용대, 교동校洞, 봉래鳳萊, 우신 등에서 교사敎師로 근무勤務하였다. 당시當時에는 교사敎師는 징병徵兵을 가지 아니 하였다. 서울 만리동에서 계실 때 아버지를 따라 가 본 적이 있다. 겨울 방학放學 때 집에 오면, 큰 형님이 동리洞里 청년靑年들에게 야학夜學을 하실 때에 셋째 형님에게 강의講義를 부탁付託하니, '동창東窓이 발갓느냐 노고지리 우지진다/ 소 치는 아희는 상기 아니 일엇느냐/ 재 넘어 사래 긴 밧츨 언제 갈려 하느냐.'(남구만)는 시조時調를 칠판漆板에 쓰고는 이것을 풀이하였다.

6·25 전쟁戰爭이 나자 어찌 고생苦生을 하시었는지 말로 다할 수 없을 것이다. 몸과 마음에 상처傷處를 받아 고향故鄕에 자주 오지 못하였다.

셋째 형수님(홍기행洪基行 유학실劉鶴實의 장녀長女 홍용녀洪龍女 1926. 2. 18~)과 결혼하여 함께 서울, 용인 구성, 둔포, 부산 등지에 전전하시다가 결국結局 부산釜山에 정착定着하시었다. 형수님은 평양平壤에서 학교學校를 나오시어 해방解放 전전에 서울에 오셨다. 집에 자주 오셔 기독교基督敎에 대하여 말씀을 하여 주시고, 몇 번 신남교회新南敎會, 남양교회南陽敎會에 같이 간 일이 있다. 우리 집안에 기독교를 알려 주시었다.

형님이 부산釜山 해운대海雲臺 대해상회大海商會에 근무勤務하실 때 아버지와 함께 가서 찹쌀 도너츠를 사주어 함께 먹으며 비 오는 밖을 보며 이야기를 나눈 일이 있다. 그 뒤 송도松島 태종대太宗臺 등에도 함께 간 일이 있다. 형님은 경영經營에 진력盡力을 하여 사업가事業家로 되셨으나, 기독교인基督教人으로 살아오면서 부산釜山 대교교회 장로長老로 맡은 직분職分을 충성忠誠스럽게 하셨다. 형수님도 장로長老로 맡은 직분職分을 다 하고 계시다.

몸이 불편不便하시다는 소식消息을 듣고 찾아뵌 지 얼마 아니 되어 위독危篤하시다는 연락連絡을 받고 동아대학병원東亞大學病院에 갔으나 인사불성이었다. 참말로 아쉬운 심정心情이었다. '하나님이여 내 속에 정淨한 마음을 창조創造하시고 내 안에 정직正直한 영靈을 새롭게 하소서'(시편詩篇 51편 10절) 이 말씀 따라 살아오신 일생一生이셨다.

셋째 형님과 셋째 형수님은 성수聖秀(1952. 10. 1) 은수恩秀(1954. 4. 20) 혜수惠秀(1956. 4. 28) 의수義秀(1958. 7. 1) 영수榮秀(1962. 5. 13) 광수光秀(1969. 7. 31) 등 6남매男妹를 두셨다.

(4) 큰 누님과 큰 매형

큰 누님 송숙희宋淑姬(1929. 1. 15~1949)는 나물 캐고 풀 뽑으며 어머님에게 바느질도 열심히 배우시더니, 해방解放 전에 집안 어른의 중매仲媒로 용인龍仁 덕골로 시집을 가셨다. 어머니 시집 오시며 가지고 오신 혼수婚需를 물려받아 가지고 가셨다. 당시當時에는 거의 그렇게 하였다.

큰 매형妹兄 장병순張炳橓은 작은 키에 둥근 얼굴로 착한

농군農軍이었다. 집에 올 때면 숯가마 소에 싣고 떡고리 지고 오시어 동네 잔치가 벌어지고 사촌 형님들 덩달아 좋아하시었다.

큰 누님은 산과 산이 가려진 마을에 앞에 개울이 흐르는 마을이라고 말씀을 하여 주었다. 어찌 하여 서울대학병원에 입원치료入院治療를 받았다. 어머니와 아버지는 몹시 서러워하시었고 어린 가슴에 눈물도 많이 흘렸다. 지금只今 이 글을 쓰면서도 눈물이 흘러 글씨가 보이질 않는다.

어쩌다가 결혼생활結婚生活을 실패失敗하시었을까. 6·25 전에 누님은 돌아가시고, 그 후 풍문風聞에 6·25 후에 매형妹兄이 돌아가시었다고 들려왔다. 용인등기소장龍仁登記所長으로 있을 때에 용인군 이동면 서리 덕골에 가서 촌로村老에게 물어도 아는 사람이 없었는데 얼마 후에 큰 매형妹兄의 동생同生이 서울에 살고 있다는 소식消息을 들었으나, 만나지 아니 하였다.

(5) 둘째 누님과 둘째 매형

둘째 누님 송옥희宋玉姬(경오년 12. 26~)는 어려서 심부름 잘하고 부지런하다고 소문이 났다. 해방解放 전에 서울에 가서 광목공장廣木工場(경성방직京城紡織)에도 다니셨고 소창을 직조하는 기술도 배웠다.

한 번은 서울 흑석동에 살 때 밤일을 할 때 무섭다고 영등포에 있는 방직공장紡織工場에 같이 간 일이 있는데, 가 보니 교실敎室만큼이나 넓은 공장工場 안에 방직기계紡織機械가 많이 있고 그 옆에서 누님과 누님 친구분親舊分들이 하는 말이 기계機械 속에서 늦은 밤이면 귀신鬼神이 나온다는 이야기를 하면서 오늘은 네가 와서 무섭지 않다고 하였다. 또 한 번은 옆집에 사는 누님 또래의 여자(은행원銀行員으로 기억記憶됨)가 안경을 썼기에 '얼라리 여자가 안경을 썼대요' 소리 질렀더니, 누님이 깜짝 놀라서 꾸지람을 하면서 아버지에게 일렀다.

둘째 누님은 광교에 사시는 집안 어른의 중매仲媒로 6·25 전란戰亂 중中에 군인軍人에게 시집을 가셨다.

둘째 매형妹兄(이용식李容植 파평윤씨坡平尹氏 장남長男 이경재李庚載 기사년 12. 24)은 키 크고 훌씬한 미남美男이며 전형적典型的인 공무원公務員의 모습貌襲이다. 어려운 역경을 이기며 부지런히 노력努力을 하여 남부럽지 않게 되었다. 누님은 월급月給 봉투封套를 하나도 버리지 아니 하고 모았단다. 매형妹兄은 화성군청華城郡廳 경기도청京畿道廳 시흥군청始興郡廳 양주군청楊州郡廳 수원시청水原市廳 이천군청利川郡廳 등에서 근무勤務하다가 화성군청華城郡廳 사회과장社會課長을 끝으로 정년퇴직停年退職을 하셨다.

둘째 누님은 1987. 9. 25에 사단법인社團法人 한국부인회韓國婦人會 경기도지부京畿道支部에서 '훌륭한 어머니 상'을 받았다. 그 내용內容에 '화성군華城郡 남양면南陽面 신남리新南里 송정순宋貞純 씨의 장녀로 태어나서 부유富裕한 생활生活 속에 자라다가 1955년 23세에 중매仲媒로 이경재씨와 결혼, 당시 시댁媤宅에는 시부모媤父母 시동생 두 명, 시누이 4명에 재산財産이라고는 낡은 구옥과 딸린 밭 하나뿐이었다. 남편男便은 군軍을 갓 제대除隊하고 말단末端 공무원公務員에 취직就職하였는데 적은 봉급俸給으로 대 식구를 꾸려 나갈 수 없어 야채행상野菜行商을 하며 밥을 굶는 일을 밥 먹듯 하며 남편의 봉급을 알뜰히 모아 논 5천 평을 마련하였다. 그러나 시부가 남의 빚 보증保證을 잘못 서게 되어 그나마 마련한 토지는 은행소유가 되었다. 그러나 실망失望하지 아니 하고 꿋꿋하게 다시 시작하여 슬하膝下에 4남 1녀를 두고, 행상行商을 계속하면서 제법 토대가 될 토지를 마련하여 시누이 셋과 큰 딸까지 출가出家시켰다. 아들들은 우수한 성적으로 최고학부까지 졸업하여 사회의 일원으로 열심히 일하고 있으며 항상恒常 지나온 생활生活이 꿈만 같고 감사感謝하다는 겸손한 자세로 이웃을 사랑하고 고아원孤兒院을 방문하는 등으로 이웃에서 칭송하는 모범가정이며 훌륭한 어머니임' 이라고 기재되어 있다.

둘째 누님과 둘째 매형妹兄은 이종일李種一(1955년 생) 이종발李種發(1957년 생) 이종삼李種三(1959년 생) 이종구李種九(1962년 생) 이종웅李種雄(1970년 생) 등 5남매男妹를 두셨다.

(6) 셋째 누님과 셋째 매형

셋째 누님 송옥연宋玉鳶(1934. 1. 29~)은 어려서부터 부지런하고 매사每事에 열심熱心이셨다. 특별히 뜨개질을 빠르게 잘 하셨다. 또 조카들을 잘 봐주었다. 어려서 셋째 누님과 나는 원두막에서 참외를 지키다가 밤 늦게 어른들과 교대交代를 하였는데 귀뚜랑죽 외진 곳에 참외를 심었을 때에 어른들이 저녁에 늦게 오시면 원두막에서 집쪽으로 멀리까지 나와서 기다렸다.

셋째 누님은 어머니를 닮아 말이 적고 성품性品이 느긋하시다. 남에게 싫은 소리를 아니 하고 다투는 일을 보지 못하였다. 바다에 나가 맛을 많이 잡아왔고 나물을 남보다 많이 뜯어 왔다. 6·25 전쟁戰爭 후後에 신갈新葛 사시는 진외갓집 진외삼촌의 중매仲媒로 결혼結婚을 하셨다.

셋째 매형妹兄(맹두섭孟斗燮 홍사정洪思貞의 장남長男 맹증재孟曾在 1931. 12. 24)은 거무틱틱한 피부皮膚에 남자다운 체격體格으로 성품性品이 바르고 맑으시다. 사교적社交的이라 많은 사람들과 잘 어울리신다. 이웃을 도우며 부모父母에게 효도孝道하고 형제兄弟 자매간姉妹間에 우애友愛 있게 살아오셨다.

셋째 누님은 2001. 9. 15에 성균관장成均館長 최창균崔昌均으로부터 효부표창장孝婦表彰狀을 받으셨다. 그 내용內容은 '위의 사람은 평소平素 천성天性이 효순孝順하고 목우부족가睦于夫族家하야 가문家門이 화협웅성和協雄盛하고 시부모媤父母를 지극정성至極精誠으로 봉양奉養함은 물론勿論 근면勤勉 성실誠實과 공경심恭敬心을 바탕으로 부모공양父母供養을 극진極盡히 하고 이웃의 어려움을 함께 나누고 지역地域 사회社會 발전發展에 헌신獻身 봉사奉仕한 공功을 높이 찬양讚揚하여 이 표창장表彰狀을 드립니다'라고 기재記載되어 있다. 아버지께서 가장 기뻐하셨을 것이다. 셋째 누님과 셋째 매형은 맹정나孟丁奈(1959. 10. 2) 맹태호孟太鎬(1961. 6. 19) 맹문호孟文鎬(1965. 8. 27) 맹정운孟丁云(1968. 9. 7) 맹부호孟夫鎬(1970.11. 1) 등 5남매男妹를 두셨다.

6. 나와 나의 아내

나 송홍만宋弘萬(1938. 5. 10~)은 동막댁東幕宅 막내 손자孫子로 태어나 남양南陽에서 초初, 중中, 고등학교高等學校를

졸업卒業하고 대학진학大
學進學은 엄두도 내지 못
하다가, 둘째 형수님이
전매청專賣廳에 다니시는
박광원朴光遠 이숙부姨叔
父(아버지 이종동생姨從同
生)님께 부탁付託 드려 서
울지방전매청청주공장地
方專賣廳淸州工場 상용잡부
常備雜夫로 취직就職을 하
여 입학금入學金을 마련하
여, 청주대학淸州大學 법
학과法學科 야간부夜間部
에 입학入學을 하였는데,
4·19 혁명革命이 나자

아내와 함께

병역미필공무원兵役未畢公務員이라 위 공장工場을 그만두고,
간신히 학교學校를 다니다가, 5·16혁명革命이 나자 재학생
단기복무在學生短期服務로 군軍에 입대入隊하여 1년 6개월 복
무기간服務期間을 마치고, 다시 복학復學하여 어렵게 대학大
學을 마치고, 제1회 경기지방오급공무원임용시험京畿地方五
級公務員任用試驗에 합격合格하여 1966. 8. 20 조건부지방행
정서기보條件附地方行政書記補로 마도면사무소麻道面事務所에
근무勤務를 하다가, 법원서기보法院書記補 시험試驗에 합격合
格하여 1968. 1. 25 대전지방법원홍성지원大田地方法院洪城支
院에 근무勤務하다가 1971. 9. 1 서울고등법원으로 전근이
되어, 법원행정처法院行政處 서울고등법원 서울민사지방법원

셋째 딸 설아와 아들 일면

서울가정법원 수원지방법원水原地方法院 등을 두루 거치며, 이천등기소利川登記所 안양등기소安養登記所 용인등기소龍仁登記所 평택등기소平澤登記所 각各 등기소장登記所長과 서울고등법원종합접수실장高等法院綜合接受室長을 역임歷任하다가 퇴직退職하고 법무사法務士로 일하고 있다.

나의 아내(김응천金應天 김순인金順仁의 장녀長女 김민자金敏子 1940. 1. 15)는 황해도黃海道 연백延白에서 태어나 해방 전에 전매청專賣廳에 다니시는 장인丈人 어른이 충청북도忠淸北道 보은전매서報恩專賣署로 전근轉勤이 되어 보은報恩에서 초등학교初等學校 시절時節을 지내고, 다시 청주淸州로 전근轉勤이 되어 청주淸州에서 중中 고등학교高等學校 시절時節을 보내다가, 인천仁川에 사시는 큰아버지 댁에서 양장기술洋裝技術을 배워 양장점洋裝店에 근무勤務하다가 결혼結婚을 하였다.

공무원公務員의 자녀子女로 자라 다시 공무원公務員의 아내

로 살면서 부족不足한 생활生活을 참으며 여러 가지 일거리
를 찾았다. 세탁소도 하여 보고, 폐백닭도 하여 보았다. 생
활生活이 안정安定이 되자 하모니카, 기타, 하프, 만도린 등
악기樂器를 배워 수원레이디스 챔버 오케스트라 단원團員이
며, 수원YWCA 이사理事, 수원제일교회水原第一敎會 베들레
헴 찬양대원讚揚隊員으로, 그리고 요리料理, 꽃꽂이 등에도 취
미趣味를 가지고 열심熱心으로 살아가고 있다.

　나와 아내는 경아瓊娥(1968. 5. 8) 금아錦娥(1970. 11. 4)
설아雪娥(1973. 1. 7) 일면壹勉(1980. 1. 15) 등 4남매男妹를
두었다.

송홍만 제6시집

셋째 고개를 넘으며

●

지은이/송홍만
펴낸이/김재엽
펴낸곳/한누리미디어

●

100-845, 서울시 중구 을지로 2가 148-73
신화빌딩 401호
전화/(02) 2278-4513, 2268-4514
팩스/(02) 2268-4524

●

등록/제16-467호(1993. 11. 4)

●

초판발행일/2002년 11월 25일

●

ⓒ 2002 송홍만 Printed in KOREA

●

값 7,000원

●

E-mail/hannury2001@yahoo.co.kr

●

※잘못 된 책은 바꿔 드립니다.
※저자와의 협약으로 인지는 생략합니다.

●

ISBN 89-7969-219-6 03810